中國語言文字研究輯刊

十七編

許學仁 主編

第**8**冊

山東出土金文合纂
（第二冊）

蘇　影　著

花木蘭文化事業有限公司

國家圖書館出版品預行編目資料

山東出土金文合纂（第二冊）／蘇影 著 -- 初版 -- 新北市：
花木蘭文化事業有限公司，2019〔民 108〕
目 10+238 面；21×29.7 公分
（中國語言文字研究輯刊 十七編；第 8 冊）
ISBN 978-986-485-928-3（精裝）
1. 金文 2. 山東省
802.08   108011982

ISBN-978-986-485-928-3

9 789864 859283

中國語言文字研究輯刊
十七編　　第 八 冊　　　　ISBN：978-986-485-928-3

山東出土金文合纂（第二冊）

作　　者　蘇　影
主　　編　許學仁
總 編 輯　杜潔祥
副總編輯　楊嘉樂
編　　輯　許郁翎、王　筑、張雅淋　美術編輯　陳逸婷
出　　版　花木蘭文化事業有限公司
發 行 人　高小娟
聯絡地址　235 新北市中和區中安街七二號十三樓
　　　　　電話：02-2923-1455 ╱傳眞：02-2923-1452
網　　址　http://www.huamulan.tw 信箱 hml810518@gmail.com
印　　刷　普羅文化出版廣告事業
初　　版　2019 年 9 月
全書字數　286993 字
定　　價　十七編 18 冊（精裝）　台幣 56,000 元　　版權所有・請勿翻印

山東出土金文合纂
（第二冊）

蘇影 著

目

次

五、盨

299. 乘父士杉盨

【出土】1956 年山東泰安縣徂來鄉黃家嶺。

【時代】西周晚期。

【著錄】山東選 96 上，考古與文物 2000 年 4 期 16 頁圖 5，集成 4437，總
集 3062，綜覽.盨 27，山東成 351，圖像集成 5629。

【現藏】泰安市博物館。

【字數】23。

【器影】

【拓片】

【釋文】乘父士杉其肇（肇）乍（作）其皇考白（伯）朙（明）父寶啟（簋），
其萬年覽（釁－眉）耆（壽）永寶用。

300. 紀伯子㝬父盨

【出土】1951 年 4 月山東黃縣（今龍口市）歸城區（一名灰城）南埠村春
秋墓葬。

【時代】春秋早期。

【著錄】錄遺 176.1-2，黃縣 47 頁（器）、40 頁（蓋），故宮文物 1997
年總 175 期 86 頁圖 17，集成 4442，總集 3064，山東成 361-2，
圖像集成 5631。

【收藏】山東省博物館。

【字數】26（蓋器同銘）。

【器影】

【拓片】
 （蓋）　　　 （器）

【釋文】異（紀）白（伯）子㝬父乍（作）甘（其）延（征）穎（盨），
甘（其）陰甘（其）陽，弖（以）延（征）弖（以）行，割（匄）
貫（眉）耆（壽）無彊（疆），慶甘（其）弖（以）戕（臧）。

301. 紀伯子㝬父盨

【出土】1951 年 4 月山東黃縣（今龍口市）歸城區（一名灰城）南埠村春
秋墓葬。

【時代】春秋早期。

【著錄】錄遺 177.1-178.2，黃縣 22 頁（器）、20 頁（蓋），集成 4443，
總集 3065，辭典 677，山東藏 57，綜覽.盨 30，斷代 867 頁 217.1，
山東成 363-364，圖像集成 5632。

【收藏】山東省博物館。

【字數】26（蓋器同銘）。

【器影】

【拓片】

　　（蓋）　　　　　（器）

【釋文】晝（紀）白（伯）子姪父乍（作）甘（其）迡（征）頪（盨），
甘（其）陰甘（其）陽，吕（以）迡（征）吕（以）行，割（匄）
頁（釁—眉）耆（壽）無彊（疆），慶甘（其）吕（以）臧（藏）。

302. 紀伯子姪父盨

【出土】1951 年 4 月山東黃縣（今龍口市）歸城區（一名灰城）南埠村春
秋墓葬。

【時代】春秋早期。

【著錄】錄遺 178.1-179.2，黃縣 43 頁〈蓋〉-44 頁〈器〉，集成 4444，總
集 3066，山東成 365-366，圖像集成 5633。

【收藏】山東省博物館。

【字數】26（蓋器同銘）。

【器影】

【拓片】 （蓋）　　（器）

【釋文】異（紀）白（伯）子妊父乍（作）甘（其）延（征）頴（盨），
甘（其）陰甘（其）陽，吕（以）延（征）吕（以）行，割（匄）
睂（釁－眉）壽（壽）無彊（疆），慶甘（其）吕（以）减（臧）。

303. 紀伯子妊父盨

【出土】1951 年 4 月山東黃縣（今龍口市）歸城區（一名灰城）南埠村春
秋墓葬。

【時代】春秋早期。

【著錄】錄遺 179.1-177.2，黃縣 46 頁（蓋）、41 頁（器），集成 4445，
總集 3067，山東成 367-368，圖像集成 5634。

【收藏】山東省博物館。

【字數】26（蓋器同銘）。

【器影】

【拓片】 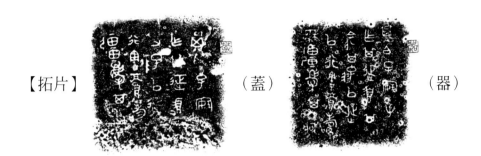 （蓋）　　　　（器）

【釋文】異（紀）白（伯）子婬父乍（作）甘（其）延（征）穎（盨），
　　　　甘（其）陰甘（其）陽，呂（以）延（征）呂（以）行，割（匃）
　　　　貫（釁－眉）耆（壽）無彊（疆），慶甘（其）呂（以）臧（臧）。

304. 魯司徒仲齊盨甲

【出土】1977 年山東曲阜縣魯國故城望父台春秋墓葬（M48.2）。

【時代】春秋早期。

【著錄】魯城 149 頁圖 95.1-2，集成 4440，銘文選 343 乙，山東成 357-8，
　　　　圖像集成 5640。

【現藏】曲阜市文物管理委員會。

【字數】28（蓋器同銘，重文 2）。

【器影】
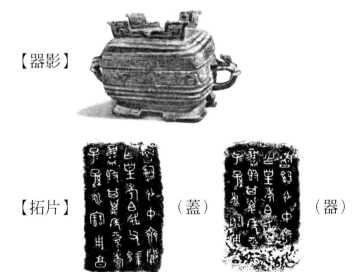

【拓片】　　　（蓋）　　　　（器）

【釋文】魯嗣（司）社（徒）中（仲）族（齊）肇（肇）乍（作）皇考白
　　　　（伯）徒（走）父饙盨殷（簋），甘（其）萬年貫（釁－眉）耆
　　　　（壽），子子孫孫永寶用亯（享）。

305. 魯司徒仲齊盨乙

【出土】1977 年山東曲阜縣魯國故城望父臺春秋墓葬（M48.1）。

【時代】春秋早期。

【著錄】魯城 149 頁圖 3-4，集成 4441，銘文選 343 甲，山東成 359-360，
圖像集成 5641。

【現藏】曲阜市文物管理委員會。

【字數】27（蓋器同銘，重文 1）。

【拓片】 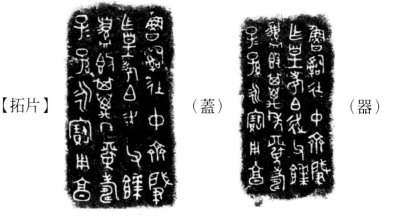 （蓋） （器）

【釋文】魯嗣（司）𧻒（徒）中（仲）𢊤（齊）肇（肇）乍（作）皇考白
（伯）𢓊（走）父饙盨殷（簋），甘（其）萬年貴（眉）𠷎（壽），
子子孫孫永寶用𠶷（享）。

306. 鑄子叔黑𦥔盨

【出土】光緒初年山東桓臺縣。

【時代】春秋早期。

【著錄】三代 10.36.1，貞松 6.39.1（誤爲簋），希古 4.14.1，小校 9.12.1
上（誤爲簋蓋），山東存鑄 4.2，集成 4423，總集 3048，鬱華 309.1
（誤爲簋），國史金 1782，山東成 353，圖像集成 5607。

【現藏】上海博物館。

【字數】17。

【拓片】

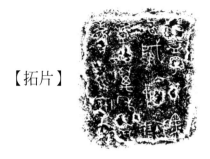

【釋文】鼄（鑄）子弔（叔）黑臣肇（肇）乍（作）寶盨，□萬年睂（眉）壽（壽），永寶用。

307. 魯伯念盨

【出土】1977 年山東省曲阜縣魯國故城墓葬。

【時代】春秋。

【著錄】魯城 148 頁圖 94，集成 4458，銘文選 340，圖像集成 5656。

【現藏】曲阜市文物管理委員會。

【字數】37。

【器影】

【拓片】
 （蓋）　　 （器）

【釋文】魯白（伯）念用合（公）覵（龏一恭），甘（其）肇（肇）乍（作）甘（其）皇孝（考）皇母旅盨毀（簋），念奶（夙）興（興）用徝（追）孝，用旛（祈）多福，念甘（其）萬年睂（囏一眉）壽（壽）永寶用亯（享）。

傳世盨

308. 魯司徒伯吳簋（盨）

【時代】西周中期。

【著錄】善齋 9.14，山東存魯 14，小校 9.30.1，集成 4415，貞松 5.18，三代 10.33.2-1，冠斝上 30，銘文選 487，綜覽·盨 26，總集 3035，山東成 317（誤爲簋），山東成 350。

【現藏】中國國家博物館。

【字數】15。

【拓片】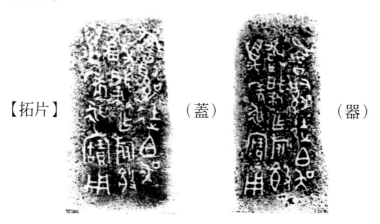（蓋）　　　（器）

【釋文】魯嗣（司）徒白（伯）吳敢肇（肇）乍（作）旅殷（簋），萬年永寶（寶）用。

309. 遲盨

【時代】西周晚期。

【著錄】小校 9.37.2-1，綴遺 9.3，集成 4436，簠齋 3 簋 1，周金 3.157，敬吾下 20，奇觚 5.32-33〈又 17.28 重出〉，攘古 2.3.24，清愛 7，積古 7.13-14，三代 10.40.1-2，愙齋 15.22，韡華丁 7，總集 3063，山東成 352，圖像集成 5627。

【現藏】山東省博物館。

【字數】23（蓋器同銘，重文 1）。

【器影】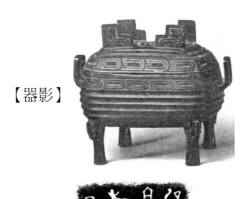

【拓片】（蓋）（器）

【釋文】屖乍（作）姜淏盨，用亯（享）考（孝）于故（姑）公，用歔（祈）
黌（眉）耆（壽）屯（純）魯，子子孫永寶用。

310. 鑄子叔黑臣盨

【時代】春秋早期。

【著錄】希古4.14.1，小校9.12.1，山東存鑄4.2，三代10.36.1，貞松6.39.1，
集成4423，總集3048，山東成353，圖像集成5607。

【現藏】上海博物館。

【字數】17。

【拓片】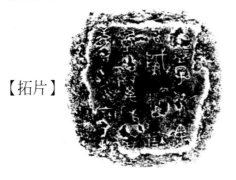

【釋文】鸎（鑄）子弔（叔）黑臣肇（肇）乍（作）寶盨，□萬年貴（眉）
耆（壽），永寶用。

311. 滕侯蘇簋

【時代】西周晚或春秋早期。

【著錄】集成 4428，大系 211，三代 8.9.1，攈古 2.2.86.2（誤爲盨），周金 3 補，銘文選 337，鬱華 122.1（誤爲盨），總集 3054，山東成288（誤爲盨），山東成 354，圖像集成 5621。

【現藏】上海博物館。

【字數】20（重文 1）。

【拓片】

【釋文】滕（滕）厌（侯）鱻（蘇）乍（作）乑文考滕（滕）中（仲）旅殷（簋），甘（其）子子孫萬年永寶（寶）用。

312. 陳姬小公子盨

【時代】春秋中期。

【著錄】集成 4379，山東成 369。

【現藏】上海博物館。

【字數】11（蓋器同銘，重文 1）。

【拓片】  （蓋）　　　　（器）

【釋文】陳（陳）敀（姬）小公子子爲弔（叔）嫣飤盨。

六、簋

313. 邿仲簋

【出土】1986 年 4 月山東省長清縣萬德鎮石都莊村民取土時發現（M1:3）。

【時代】西周晚期。

【著錄】文物 2003 年 4 期 90 頁圖 12、13，新收 1045，圖像集成 5893。

【現藏】長清縣博物館。

【字數】19（蓋器同銘，重文 2）。

【器影】

【拓片】　　（蓋）　　　（器）

【釋文】寺（邿）中（仲）媵（媵）孟嬴嶺（寶）匤（簋），其萬年眉（眉）
　　　　嶺（寶），子子孫孫永嶺（寶）用。

314. 郬仲簠

【出土】1986 年 4 月山東省長清縣萬德鎮石都莊村民取土時發現（M1:4）。

【時代】西周晚期。

【著錄】文物 2003 年 4 期 90 頁圖 14，新收 1046，圖像集成 5894。

【現藏】長清縣博物館。

【字數】19（蓋器同銘，重文 2）。

【器影】

【拓片】

【釋文】寺（郬）中（仲）臘（媵）孟嬴嶺（寶）匜（簠），其萬年眉（眉）
嶺（寶），子子孫孫永嶺（寶）用。

315. 胄簠

【出土】1965 年 2 月山東鄒縣田黃公社七家峪。

【時代】春秋早期。

【著錄】考古 1965 年 11 期 543 頁圖 2.3，集成 4532，總集 2917，山東成
376，圖像集成 5846，海岱 140.3。

【現藏】山東省鄒縣文物管理所。

【字數】14（重文 2）。

【器影】

【拓片】

【釋文】曽（胄）自乍（作）饒匜（簠），甘（其）子子孫孫永寶用盲（享）。

316. 射南簠蓋

【出土】1965 年 2 月山東鄒縣（今鄒城市）田黃公社七家峪。

【時代】西周晚期。

【著錄】考古 1965 年 11 期 543 頁圖二.1，集成 4479，總集 2869，山東成
　　　　374.1，圖像集成 5763，海岱 133.1。

【現藏】鄒城市文物管理所。

【字數】6。

【器影】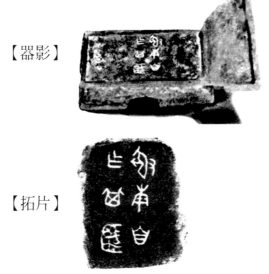

【拓片】

【釋文】射南自乍（作）甘（其）匜（簠）。

317. 射南簠

【出土】1965 年 2 月山東鄒縣（今鄒城市）田黃公社七家峪。

【時代】西周晚期。

【著錄】考古 1965 年 11 期 543 頁圖 2：2，集成 4480，總集 2868，山東成 374.2，圖像集成 5764，海岱 133.2。

【現藏】鄒城市文物管理所。

【字數】6。

【器影】

【拓片】

【釋文】射南自乍（作）甘（其）匿（簠）。

318. □䣄簠

【出土】1973 年山東鄒縣（今鄒城市）匡莊公社灰城子。

【時代】西周晚期。

【著錄】考古學集刊 3（1983 年）104 頁圖八，集成 4533，山東成 372，圖像集成 5830，海岱 141.1。

【現藏】鄒城市博物館。

【字數】12。

【拓片】

【釋文】□䢴乍（作）䀠（簋），用事于丂（考），永寶用之。

319. 魯侯簋

【出土】1982 年 10 月山東泰安市城前村春秋墓葬。

【時代】西周晚期或春秋早期。

【著錄】文物 1986 年 4 期 13 頁圖 4、6，近出 518，新收 1068，山東成 370，
圖像集成 5852。

【現藏】泰安市文物局。

【字數】15。

【器影】

【拓片】

【釋文】魯医（侯）乍（作）啟（姬）翏朕（媵）䀠（簋），甘（其）萬
年覬（眉）䛉（壽）永寶用。

【備註】同墓出土兩件。

320. 郐召簠

【出土】山東長清縣仙人臺西周墓地（M3：9）。

【時代】西周晚期或春秋早期。

【著錄】考古 1998 年 9 期 29 頁圖 3，近出 526，新收 1042，山東成 412，
圖像集成 5925。

【現藏】山東大學歷史文化學院考古系。

【字數】23（蓋器同銘）。

【器影】

【拓片】　　（蓋）　　（器）

【備註】同墓出土 2 件，形制紋飾銘文大小基本相同，另一件未發表。此
器銘將「籩（稻）梁」鑄成「旅梁」。

【釋文】郐疂（召）乍（作）為其旅匚（簠），用實籩（稻）粖（梁），
用飤者（諸）母者（諸）陡（兄），事（使）受寣（福），毋又
（有）彊（疆）。

321. 史龜簠

【出土】1940 年山東肥城縣喬家莊。

【時代】西周。

【著錄】山東成 377，圖像集成 5822。

【現藏】山東省博物館。

【字數】9（蓋器同銘）。

【拓片】

【釋文】史龜乍（作）旅㽅（簋），其永寶用。

322. 鈝仲簋（鈝仲簋／每仲簋）

【出土】1977 年山東曲阜縣魯國故城春秋墓葬（M48:28）。

【時代】春秋早期。

【著錄】魯城 147 頁圖 93.3，集成 4534，山東成 401，圖像集成 5832，海
岱 131.10。

【現藏】曲阜市文物管理委員會。

【字數】12（重文 2）。

【器影】

【拓片】

【釋文】鈝中（仲）乍（作）甫戈（妣）朕（媵）㽅（簋），子子孫孫永
寶用。

323. 邾慶簠（鼄慶簠）

【出土】2002 年山東省棗莊市山亭區東江古墓羣 3 號墓。

【時代】春秋早期。

【著錄】遺珍 115 頁，圖像集成 5878。

【現藏】安徽省博物館。

【字數】17（蓋器同銘，重文 2）。

【器影】

【照片】

【釋文】鼄（邾）慶乍（作）華妊匿（簠），甘（其）萬年子子孫孫，永寶用膏（享）。

324. 邾慶簠（鼄慶簠）

【出土】2002 年山東省棗莊市山亭區東江古墓羣 3 號墓。

【時代】春秋早期。

【著錄】遺珍 116 頁，圖像集成 5879。

【現藏】安徽省博物館。

【字數】17（蓋器同銘，重文 2）。

【器影】

【照片】

【釋文】竈（邾）慶乍（作）華妊匜（簠），甘（其）萬年子子孫孫，永
　　　　寶用盲（享）。

325. 商丘叔簠

【出土】山東泰安市道朗鄉大馬莊村龍門口遺址。

【時代】春秋早期。

【著錄】文物 2004 年 12 期 9 頁圖 10，新收 1071，山東成 413，圖像集成
　　　　5875。

【現藏】泰安市博物館。

【字數】15（蓋器同銘）。

【器影】

【拓片】

【摹本】

【釋文】商丘弔（叔）乍（作）其旅區（簠），甘（其）萬年子子孫孫永寶用。

326. 鑄子叔黑臣簠

【出土】清光緒初年山東桓臺縣。

【時代】春秋早期。

【著錄】三代 10.13.3（蓋），三代 10.14.1（器），周金 3.135.1-2，貞松 6.29，十二雪 9，小校 9.11.7（蓋），小校 9.11.8（器），山東存鑄 3.1、3.3，集成 4570，總集 2932（總集 2933 下與總集 2932 下重），綜覽.簠 2，國史金 1815（蓋），山東成 380，圖像集成 5881。

【現藏】故宮博物院。

【字數】17（器蓋同銘）。

【器影】

【拓片】（蓋）（器）

【釋文】鼄（鑄）子弔（叔）黑臣肇（肇）乍（作）寶匠（簠），㠭（其）萬年睂（睂－眉）耆（壽），永寶用。

【備註】同出有鼎、鬲、簠、盨、簠和匜，為同一人作器。

327. 鑄子叔黑臣簠

【出土】清光緒初年山東桓臺縣。

【時代】春秋早期。

【著錄】三代 10.14.2（蓋），三代 10.13.4（器），愙齋 15.15.1（蓋），綴遺 8.17.1，周金 3.136.1-2，希古 4.8.1，小校 9.12.1 下（器），小校 9.12.2（蓋），大系 238，山東存鑄 3.2（器），山東存鑄 4.1（蓋），集成 4571，總集 2931，總集 2933 上，銘文選 836，夏商周 454，山東成 381（382 重出蓋），圖像集成 5882。

【現藏】上海博物館。

【字數】17（蓋器同銘）。

【器影】

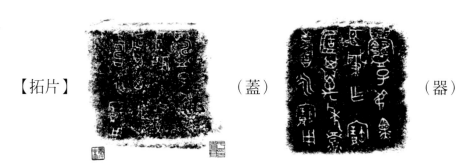

【拓片】　　　　　　　　　　（蓋）　　　　　（器）

【釋文】䰜（鑄）子弔（叔）黑臣肈（肇）乍（作）寶匜（盨），甘（其）
　　　　萬年賮（眉）耆（壽），永寶用。

328. 魯大司徒厚氏元簠（厚氏元鋪）

【出土】1932 年山東曲阜縣林前村（山東存）。

【時代】春秋中期。

【著錄】三代 10.48.1，山東存魯 17.2，青全 9.51，集成 4689，總集 3118，
　　　　山東成 403，圖像集成 6156。

【現藏】故宮博物院。

【字數】23（蓋器同銘）。

【器影】

【拓片】

【釋文】魯大嗣（司）徒厚氏元乍（作）𥙊（善—膳）匜（簠），甘（其）
　　　　霥（眉）耆（壽）萬生（年）無彊（疆），子子孫孫永寶用之。

329. 魯大司徒厚氏元簠（厚氏元鋪）

【出土】1932 年山東曲阜縣林前村（山東存）。

【時代】春秋中期。

【著錄】三代 10.48.2，三代 10.49.1，冠斝上 28，山東存魯 15.2-16.2（山東存魯 16.1 重出），故青 233，故精品 202，集成 4690，總集 3119，綜覽.豆 4，銘文選 815，國史金 1837（蓋），山東成 404-5，圖像集成 6154。

【現藏】故宮博物院。

【字數】25（蓋器同銘，重文 2）。

【器影】

【拓片】（蓋）　　　（器）

【釋文】魯大嗣（司）徒厚氏元乍（作）蠶（善－膳）匫（簠），甘（其）蘮（眉）耆（壽）萬生（年）無彊（疆），子子孫孫永寶用之。

330. 魯大司徒厚氏元簠（厚氏元鋪）

【出土】1932 年山東曲阜縣林前村（山東存）。

【時代】春秋中期。

【著錄】三代 10.49.2，三代 10.50.1，冠斝上 29，山東存魯 17.1（器），集成 4691，總集 3120，辭典 662，山東成 406-7，圖像集成 6155。

【現藏】故宮博物院。

【字數】25（蓋器同銘，重文2）。

【器影】

【拓片】（蓋）（器）

【釋文】魯大嗣（司）徒厚氏元乍（作）譱（善—膳）𠤳（簠），丼（其）
釁（眉）耆（壽）萬生（年）無彊（疆），子子孫孫永寶用之。

331. 魯宰虢簠

【出土】2002年山東省棗莊市山亭區東江古墓羣2號墓。

【時代】春秋早期。

【著錄】遺珍46頁，文化38頁，圖像集成5902。

【現藏】棗莊市博物館。

【字數】內底12，蓋內20（重文2）。

【器影】

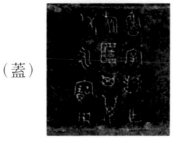

【照片】 （蓋） （底）

【釋文】

蓋銘：魯酉子安母肈（肇）乍（作）匜（簋），甘（其）眉（釁－眉）

壽（壽）萬年。子子孫孫永寶用。

底銘：魯宰虢乍（作）旅匜（簋），甘（其）萬年永寶用。

332. 正叔止士廏俞簋（魯酉子安母簋）

【出土】2002 年山東省棗莊市山亭區東江古墓羣 2 號墓。

【時代】春秋早期。

【著錄】遺珍 42-44，文化 35、38，圖像集成 5903。

【現藏】棗莊市博物館。

【字數】32（重文 4）。

【器影】

【拓片】  （蓋）  （器）

【釋文】蓋銘：正弔（叔）之士廏（䉛）俞乍（作）旅匜（簋），子子孫
孫永寶用。

器銘：魯酉子安母肈（肇）乍（作）匜（簋），甘（其）眉（釁
－眉）壽（壽）萬年。子子孫孫永寶用。

333. 邾公子害簠（䶊公子害簠）

【出土】2002 年 6 月山東棗莊市山亭區東江古墓群。

【時代】春秋早期。

【著錄】遺珍 67，文化 35，圖像集成 5907。

【現藏】山東省博物館。

【字數】21（蓋器同銘，重文 2）。

【器影】

【拓片】（蓋）（器）

【釋文】䶊（邾）公子害自乍（作）𠤳（簠），甘（其）萬年賹（麋一眉）𥁱（壽）無彊（疆），子子孫孫永寶用。

334. 子皇母簠

【出土】2002 年山東省棗莊市山亭區東江古墓羣 2 號墓 M2:14。

【時代】春秋早期。

【著錄】遺珍 50，文化 37，圖像集成 5853。

【現藏】棗莊市博物館。

【字數】15。

【器影】

【拓片】

【釋文】子皇母乍（作）饙匿（簠），廿（其）萬年鬻（釁－眉）耆（壽），
永寶用之。

335. 畢仲弁簠

【出土】2002 年山東省棗莊市山亭區東江古墓羣 2 號墓。

【時代】春秋早期。

【著錄】遺珍 48，文化 37，圖像集成 5912。

【現藏】棗莊市博物館。

【字數】22（蓋器同銘，重文 2）。

【器影】

【拓片】

【釋文】畢（畢）中（仲）𤔲乍（作）為其譱（善－膳）𦥑（盨），其萬
年賹（𥣪－眉）耆（壽），子子孫孫永寶（寶）用之。

336. 黽叔夛父簠（是叔虎父簠／杞孟臣／邾叔夛父簠）

【出土】1976 年 12 月山東平邑縣東陽公社蔡莊春秋墓葬。

【時代】春秋早期。

【著錄】集成 4592，考古 1986 年 4 期 367 頁圖 3，近出 522，山東成 392，
圖像集成 5926。

【現藏】平邑縣文物管理站。

【字數】23（重文 2）。

【備註】同墓出土 4 件。

【器影】

【拓片】

【釋文】是弔（叔）虎父乍（作）杞（杞）孟辝鞦（饙）𦥑（盨），其萬
年賹（𥣪－眉）耆（壽），子子孫孫永寶用亯（享）。

337. 走馬薛仲赤簠

【出土】1973 年山東滕縣官橋公社狄莊大隊薛城遺址。

【時代】春秋早期。

【著錄】文物 1978 年 4 期 96 頁圖 8，集成 4556，總集 2936，三代補 900，
銘文選 823，辭典 665，山東成 396，圖像集成 5871。

【現藏】山東省博物館。

【字數】17（重文 2）。

【器影】

【拓片】

【釋文】走馬䣙（薛）中（仲）赤自乍（作）甘（其）匿（簠），子子孫
孫永保用㠯（享）。

338. 鑄公簠蓋

【出土】山東齊東縣（山東存）。

【時代】春秋早期。

【著錄】三代 10.17.2，西清 29.3，周金 3.130.2，貞松 6.32.1，希古 4.10.1，
大系 237，小校 9.15.1，山東存鑄 1.2，集成 4574，總集 2959，銘
文選 835，夏商周 453，山東成 378，圖像集成 5905。

【現藏】上海博物館。

【字數】21（重文 2）。

【器影】

【拓片】

【釋文】鼄（鑄）公乍（作）孟玆（妊）車母朕（縢）𩰫（𪓑一盨），甘
　　　　（其）萬年釁（眉）耇（壽），子子孫孫永寶用。

339. 薛子仲安簠

【出土】1973 年山東滕縣官橋公社狄莊大隊薛城遺址。

【時代】春秋早期。

【著錄】文物 1978 年 4 期 96 頁圖 9，集成 4546，總集 2920，銘文選 824，
　　　　辭典 664，三代補 899（器），山東成 393，圖像集成 5855。

【現藏】滕州市博物館。

【字數】15（蓋器同銘，重文 1）。

【器影】

【拓片】 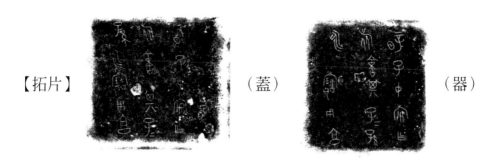 （蓋） （器）

【釋文】薛子中（仲）安乍（作）旅𣪘（𣪘－簋），其子子孫孫永寶用亯
（享）。

340. 薛子仲安簋

【出土】1973 年山東滕縣官橋公社狄莊大隊薛城遺址。

【時代】春秋早期。

【著錄】集成 4547，山東成 394，圖像集成 5856。

【現藏】滕州市博物館。

【字數】16（重文 2）。

【拓片】

【釋文】薛子中（仲）安乍（作）旅𣪘（𣪘－簋），其子子孫孫永寶用亯
（享）。

341. 薛子仲安簋

【出土】1973 年山東滕縣官橋公社狄莊大隊薛城遺址。

【時代】春秋早期。

【著錄】集成 4548，山東成 395，圖像集成 5857。

【現藏】滕州市博物館。

【字數】16（重文 2）。

【拓片】

【釋文】薛子中（仲）安乍（作）旅 ⬚（𣪘－盨）。其子子孫孫永寶用亯
（享）。

342. 魯士厚父簠

【出土】兗州（綴遺）。

【時代】春秋早期。

【著錄】三代 10.05.3，愙齋 15.8.2，綴遺 8.12.1，奇觚 5.21.1，周金 3.149.1，
小校 9.4.4，尊古 2.16，山東存魯 19.1，集成 4518，總集 2892，
銘文選 489，鬱華 292.2，山東成 388，圖像集成 5816。

【現藏】故宮博物院。

【字數】10。

【器影】

【拓片】

【釋文】魯士厚父乍（作）飤 ⬚（簠），永寶用。

343. 宋公翻簠（宋公翻鋪）

【出土】山東棗莊徐樓東周墓（M1：24）。

【時代】春秋晚期。

【著錄】文物 2014 年第 1 期 11 頁圖 14、21 頁圖 64。

【字數】28（重文 2）。

【器影】

【拓片】

【釋文】有殷天乙唐孫宋公翻（固）乍（作）隊弔（叔）子饎簠，甘（其）
賈（眉）壽釐（萬）年子子孫孫永保用之。

344. 公簋簠（公豆／公簋）

【出土】1977 年冬山東沂水縣院東頭公社劉家店子村 1 號西周墓葬（M1：
25）。

【時代】春秋時期。

【著錄】青全 9.70，文物 1984 年 9 期 5 頁圖 6，集成 4654，綜覽.豆 1，山
東成 442.1，圖像集成 6104。

【現藏】山東省文物考古研究所。

【字數】2。

【器影】

【拓片】

【備註】同出 7 件，著錄 4 件。

【釋文】公餿（簋）。

345. 公簋簋（公豆／公簋）

【出土】1977 年山東沂水縣劉家店子一號墓。

【時代】春秋時期。

【著錄】集成 4655，山東成 442.2，圖像集成 4655。

【現藏】山東省文物考古研究所。

【字數】2。

【器影】

【拓片】

【釋文】公設（簋）。

346. 公簋簋（公豆／公簋）

【出土】1977 年山東沂水縣劉家店子一號墓。

【時代】春秋時期。

【著錄】集成 4656，山東成 442.3，圖像集成 6106。

【現藏】山東省文物考古研究所。

【字數】2。

【器影】

【拓片】

【釋文】公設（簋）。

347. 公簋簋（公豆／公簋）

【出土】1977 年山東沂水縣劉家店子一號墓。

【時代】春秋時期。

【著錄】集成 4657，山東成 442.4，圖像集成 6107。

【現藏】山東省文物考古研究所。

【字數】2。

【拓片】

【釋文】公飤（簋）。

348. 鑄叔獫簠

【出土】山東桓臺。

【時代】春秋。

【著錄】海岱 90.10。

【現藏】桓臺博物館。

【字數】10。

【器影】

【拓片】

【釋文】鼄（鑄）弔（叔）獙作寶匠（簋），其永寶用。

傳世簋

349. 塞簋

【時代】西周晚期。

【著錄】集成 4524，總集 2903，三代 10.8.1，積古 7.1，金索金 8，攈古 2.1.76.3，愙齋 15.13.2，綴遺 8.1，奇觚 17.19，小校 9.5.6，彙編 433，山東成 371，圖像集成 5836。

【現藏】曲阜市文物管理委員會。

【字數】13（重文 2）。

【器影】

【拓片】

【釋文】塞自乍（作）囗甂（簋），其子子孫孫永寶用。

350. 史免簠

【時代】西周晚期。

【著錄】集成 4579，總集 2954，三代 10.19.1-2，愙齋 15.16〈器〉，攈古 2.3.16〈器〉，綴遺 8.2，陶續上 43〈蓋〉，小校 9.15.2（器），周金 3.127〈蓋〉，3 補〈器〉，大系 79〈器〉，銘文選 253，鬱華 304.3（器），集成 4579，山東成 373，圖像集成 5909。

【現藏】山東省博物館（器）。

【字數】22（蓋器同銘，重文 2）。

【器影】

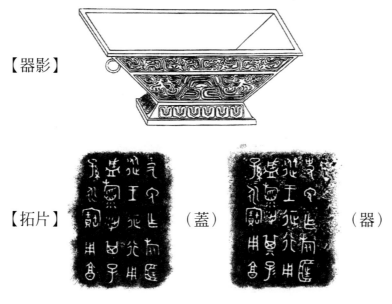

【拓片】 　　　　　　　（蓋）　　　　　　　（器）

【釋文】史免乍（作）旅匡（簠），從王征行，用盛膚（稻）沙（粱），廿（其）子子孫孫永寶用亯（享）。

351. 虢叔簠

【時代】西周中期。

【著錄】總集 2888，三代 10.4.5，從古 16.4.1，攈古 2.1.56.2，愙齋 15.6.1，綴遺 8.11.2，奇觚 5.20，周金 3.149.2，簠齋 3 簠 4，小校 9.4.6，文物 1964 年 4 期圖 4，集成 4514，山東成 375，鬱華 290，圖像集成 5814。

【現藏】青島市博物館。

【字數】10。

【器影】

【拓片】

【釋文】虢弔（叔）乍（作）旅匥（簠），甘（其）萬年永寶。

352. 邾大宰簠

【時代】春秋早期。

【著錄】集成 4623，總集 2981，三代 10.24.1，筠清 3.5，攈古 3.1.10，綴遺 8.23，奇觚 17.22，敬吾下 22，周金 3.122.1，韡華丁 4，小校 9.20.2，大系 220.1，山東存邾 13.2，山東成 383，圖像集成 5972。

【現藏】上海博物館。

【字數】38（重文 2）。

【拓片】

【釋文】隹（唯）正月初吉。鼄（邾）大宰樸子鼄鑄其𬤊匥（簠），曰：余諾𩕳（恭）孔惠，其覺（眉）耆（壽）㠯（以）𩛆，萬年無期（期），子子孫孫永寶用之。

353. 邾大宰簠

【時代】春秋早期。

【著錄】集成 4624，總集 2981，三代 10.24.2，攗古 3.1.11，綴遺 8.22，
周金 3.122.2，小校 9.21.1，大系 220.2，文物 1959 年 10 期 36
頁圖 12，銘文選 830，山東存邾 14.1，山東成 384，圖像集成
5971。

【現藏】上海博物館。

【字數】38（重文 2）。

【器影】

【拓片】

【釋文】隹（唯）正月初吉，黿（邾）大宰樸子䶹盥（鑄）其固（簠），
曰：余諾䢥（恭）孔惠，其䁤（眉）耆（壽）用籛（䭫），萬年
無旲（期），子子孫孫永寶用之。

354. 魯士㢆父簠

【時代】春秋早期。

【著錄】總集 2889，三代 10.05.1-2，愙齋 15.9，綴遺 8.12.2-8.13.1，周金
3.147，韡華丁 1，小校 9.4.1，山東存魯 18.3-4，集成 4517，山東
成 385，圖像集成 5819。

【現藏】南京博物院。

【字數】10（蓋器同銘）。

【拓片】  （蓋）　　　（器）

【釋文】魯士厚父乍（作）飤𥂴（簠），永寶用。

355. 魯士厚父簠

【時代】春秋早期。

【著錄】集成 4519，總集 2890，三代 10.5.4，愙齋 15.10.1，綴遺 8.13.2，
周金 3.148.2，善齋 9.2，小校 9.4.3，山東存魯 19.2，山東成 386，
圖像集成 5817。

【字數】10。

【器影】

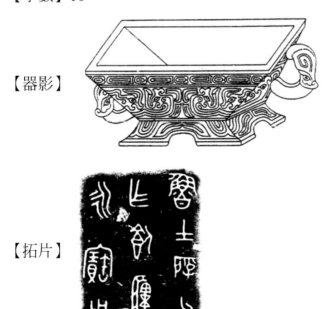

【拓片】

【釋文】魯士厚父乍（作）飤𥂴（簠），永寶用。

356. 魯士厚父簠

【時代】春秋早期。

【著錄】集成 4520，總集 2891，三代 10.6.1，愙齋 15.10.2，周金 3.148.1，
善齋 9.1，小校 9.4.5，山東存魯 18.2，山東成 387，圖像集成
5818。

【字數】10。

【器影】

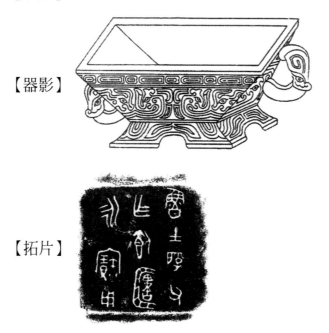

【拓片】

【釋文】魯士厚父 乍（作）飤䀇（簠），永寶用。

357. 魯伯兪父簠（魯伯餘父簠）

【時代】春秋早期。

【著錄】集成 4566，總集 2922，三代 10.11.1，筠清 3.11，攈古 2.2.33，韡
華丁 2，綴遺 8.15.1，小校 9.9.1〈又 9.9.2，9.9.4 兩處重出〉，善
齋 8.4，山東存魯 10，北圖拓 127，山東成 389，圖像集成 5860。

【現藏】中國國家博物館。

【字數】16。

【器影】

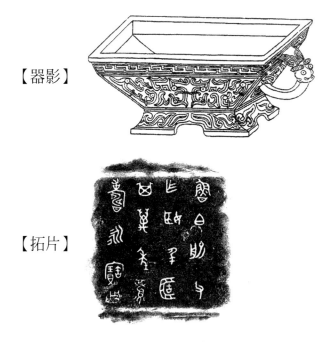

【拓片】

【釋文】魯白（伯）駼（俞）父乍（作）敃（姬）尸（夷）匡（簋），甘（其）萬年鬘（眉）耆（壽），永寶用。

358. 魯伯龠父簠（魯伯駼父簋）

【時代】春秋早期。

【著錄】集成 4567，總集 2923，三代 10.11.2，愙齋 15.12.2，綴遺 8.15.1，周金 3.141.1，小校 9.8.3，山東存魯 11.2，鬱華 298，山東成 390，圖像集成 5861。

【字數】16。

【拓片】

【釋文】魯白（伯）駼（俞）父乍（作）敃（姬）尸（夷）匡（簋），甘（其）萬年鬘（眉）耆（壽）永寶用。

359. 魯伯俞父簠（魯伯餘父簠）

【時代】春秋早期。

【著錄】總集 2924，集成 4568，三代 10.11.3，兩罍 7.10，攈古 2.2.34，愙齋 15.12.1，綴遺 8.14，二百 3.3，周金 3.141，小校 9.9.3〈又 9.10.1 重出〉，山東存魯 11.1，山東成 391，圖像集成 5862。

【現藏】上海博物館。

【字數】16。

【器影】

【拓片】

【釋文】魯白（伯）餘（俞）父乍（作）皈（姬）尸（夷）匠（簠），甘（其）萬年麇（眉）耆（壽），永寶用。

360. 曾伯裦簠

【時代】春秋早期。

【著錄】集成 4631，總集 2986，三代 10.26.1，積古 7.7，攈古 3.2.11，綴遺 8.17，奇觚 17.25，周金 3.119，小校 9.23.1，大系 207.1，韓華丁 4，山東存曾 1，山東成 397，曾銅 441 頁右，圖像集成 5980。

【現藏】山東省博物館。

【字數】92（重文 4）。

【器影】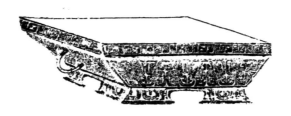

【拓片】

【釋文】隹（唯）王九月初吉庚午，曾白（伯）霥悊（哲）聖元武，元武
孔黹，克狄（剔）雅（淮）尸（夷），印（抑）燮緐（繁）湯（陽），
金衞（道）鍚（錫）行，具既卑方。余睪（擇）其吉金黃鑄，余
用自乍（作）遾（旅）匼（簠）。吕（以）征吕（以）行，用盛
稻粱，用羹（孝）用亯（享）于我皇且（祖）文考。天睗（賜）
之福，曾白（伯）霥叚（遐）不（丕）黃者。儥（萬）年霥（眉）
耆（壽）無彊（疆），子子孫孫永寶用之亯（享）。

361. 曾伯霥簠

【時代】春秋早期。

【著錄】集成 4632，總集 2987，三代 10.26.2，從古 2.19，攈古 3.2.12，愙
齋 15.3，綴遺 8.20，奇觚 5.26，周金 3.120，簠齋 3 簠 1，小校 9.22.2，
大系 207.2，山東存曾 2，銘文選 691，曾銅 441 左，山東成 399，
圖像集成 5979。

【現藏】中國國家博物館。

【字數】90（重文 4）。

【器影】

【拓片】

【釋文】隹（唯）王九月初吉庚午，曾白（伯）霥愻（哲）聖元武，元
武孔巀（致），克狄（剔）雗（淮）尸（夷），印（抑）燮縣
（鄉）湯（陽），金衡（道）鍚行，具既卑方。余嘼（擇）其
吉金黃鏽，余用自乍（作）遮（旅）𥴌（簠）。吕（以）征 吕
（以）行，用盛稻粱，用龏（孝）用畗（享）于我皇且（祖）
文考，天睗（賜）之福，曾白（伯）霥叚（遐）不（丕）黃耉，
僊（萬）年鬘（眉）嘼（壽）無 彊（疆），子子孫孫永寶用之
畗（享）。

362. 鑄叔作嬴氏簠

【時代】春秋早期。

【著錄】集成 4560，總集 2919，錄遺 174.1-2，銘文選 834，山東成 400，
圖像集成 5883。

【字數】15（蓋器同銘）。

【拓片】　　　　　　　　（蓋）　　　　　　　　（器）

【釋文】盠（鑄）弔（叔）乍（作）嬴氏嶺（寶）匜（簠），甘（其）萬
年霥（眉）耋（壽），永嶺（寶）用。

363. 曾子遝簠

【時代】戰國早期。

【著錄】集成 4488，總集 2864，三代 10.1.5，貞松 6.24.3，希古 4.4.2，山
東存曾 7.2，大系 209.4，彙編 7.678，國史金 1790，曾銅 374 頁
左，山東成 402，圖像集成 5779。

【字數】6。

【拓片】

【釋文】曾子遝之行匜（簠）。

364. 曾子遝簠

【時代】戰國早期。

【著錄】集成 4489，總集 2865，銘文選 699，安徽金石 1.28.2，山東存曾
7.3，貞補上 30，小校 9.1.2，三代 10.1.6，曾銅 374 頁右，山東成
402，圖像集成 5778。

【現藏】蘇州市博物館。

【字數】6。

【器影】

【拓片】

【釋文】曾子遇之行匜（盨）。

365. 曾子屎簠

【時代】春秋中期。

【著錄】集成 4528，總集 2895，三代 10.6.3-4，周金 3.145.2-3.146.1，小
　　　校 9.5.4-3，貞松 6.25，大系 209.1、209.3，山東存魯 5，銘文選
　　　696，斠華丁 1，山東成 408，曾銅 439 頁上，圖像集成 5826。

【現藏】中國國家博物館。

【字數】11（蓋器同銘）。

【器影】

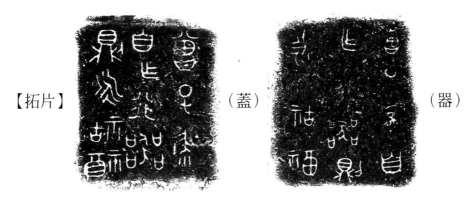

【拓片】　　　　　　　　　（蓋）　　　　　　　　　　　（器）

【釋文】曾子㞷自乍（作）行器，鬮（則）永䄔（祐）䩾（福）。

366. 曾子㞷簋

【時代】春秋中期。

【著錄】集成 4529，總集 2896，三代 10.7.1〈蓋〉，周金 3 補〈蓋〉，貞松 6.26〈蓋〉，大系 209.2〈蓋〉，山東存魯 5.3〈蓋〉，山東成 409，圖像集成 5827。

【現藏】中國國家博物館。

【字數】11（蓋器同銘）。

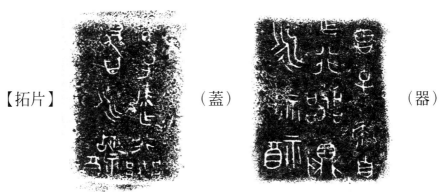

【拓片】　　　　　　　　　（蓋）　　　　　　　　　　　（器）

【釋文】曾子㞷自乍（作）行器，鬮（則）永䄔（祐）䩾（福）。

367. 曾子□簋

【時代】春秋早期

【著錄】集成 4588，總集 2946A，三代 10.16.2，貞松 6.31，武英 38，小校 9.14.5，通考 364，山東存曾 6，大系 209.5，故圖下下 203，國史金 1819，曾銅 433，山東成 410，圖像集成 5920。

【現藏】臺北故宮博物院。

【字數】22（重文2）。

【拓片】

【釋文】隹（唯）正月初吉丁亥，曾子□自乍（作）飤盙（簠），子子孫
孫永保用之。

368. 曾□□簠

【時代】春秋晚期。

【著錄】集成4614，總集2964，三代10.21.1，貞松6.34.1，山東成411。

【現藏】日本某氏（羅表）。

【字數】31（重文2）。

【拓片】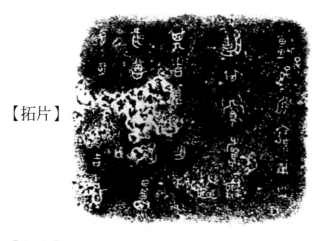

【釋文】唯正□初吉丁亥，曾□□□罿（擇）其吉金，自乍（作）饎盙（簠），
甘（其）覉（眉）耆（壽）無酈（疆），子子孫孫永嬪（寶）用
之。

369. 陳逆簋

【時代】戰國早期（齊平公）。

【著錄】集成 4629，積古 7.9，攈古 3.1.73，奇觚 17.26，大系 257，彙編 76，綴遺 8.26（拓本爲另一器），銘文選 853，山東成 414，圖像集成 5978。

【字數】77（重文 2）。

【拓片】

【釋文】隹（唯）王口月初吉丁亥，少子陳逆曰：余陳趄子之裔孫，余寅事亦（齊）医（侯），戁（懽）血（卹）宗家，罳（擇）氒吉金，台（以）乍（作）氒元配季姜之祥器。鑒（鑄）絲（𩰫）賓（圓）笑（簋）。台（以）亯（享）台（以）孝于大宗生（皇）梖（祖）、生（皇）妣（妣）、生（皇）万（考）、生（皇）母。乍（祚）希（賜）永命，頒（眉）嗇（壽）萬年，子子孫孫羕（永）保用。

370. 陳逆簋

【時代】戰國早期。

【著錄】集成 4630（器），總集 2985，三代 10.25.2，周金 3.121，小校 9.22.1（蓋），山東存齊 17，彙編 80，銘文選 853，考古 2005 年 2 期 95 頁圖 2（器），新收 1781（器），山東成 415，圖像集成 5977。

【現藏】貴州省博物館。

【字數】77（重文 2）。

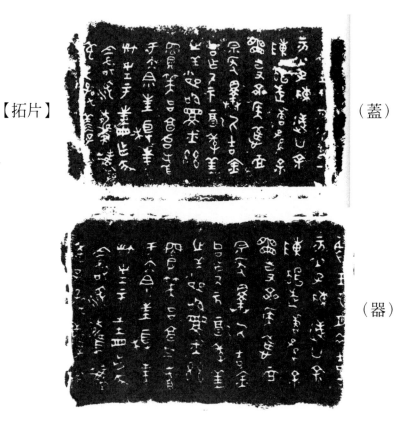

【拓片】　　　　　　　　　　　　　　　（蓋）

（器）

【釋文】隹（唯）王囗月初吉丁亥，少子陳逆曰：余陳趄子之裔孫，余
寅事㫃（齊）厌（侯），蕙（懽）血（卹）宗家，霥（擇）氒
吉金，台（以）乍（作）氒元配季姜之祥器。鑒（鑄）丝（𦅗）
資（圓）笑（簠）。台（以）盲（享）台（以）孝于大宗生（皇）
棍（祖）、生（皇）妣（妣）、生（皇）丂（考）、生（皇）
母。乍（祚）希（賜）永命，頒（眉）耆（壽）萬年，子子孫
孫羕（永）保用。

371. 陳侯作王仲嬀𡎸簠（陳侯簠）

【出土】傳出於洛陽、鞏縣之間。

【時代】春秋中期。

【著錄】集成 4603，總集 2963，彙編 244，山東成 416，圖像集成 5938。

【現藏】加拿大多倫多安大略博物館。

【字數】26（蓋器同銘）。

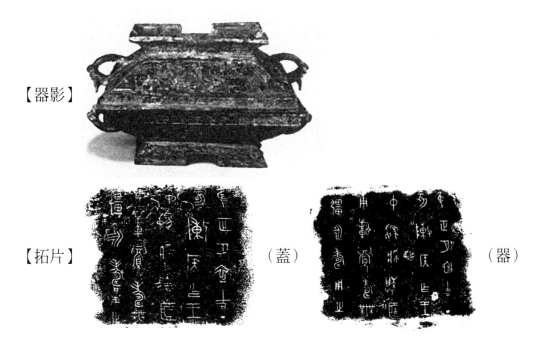

【器影】

【拓片】　　　　　　　　　（蓋）　　　　　　　　　（器）

【釋文】隹（唯）正月初吉丁亥，敶（陳）厌（侯）乍（作）王中（仲）
　　　　嬀𢝫𢿛（媵）𠤳（簋），用旅（祈）釁（眉）𦆗（壽）無彊（疆），
　　　　永𦆗（壽）用之。

372. 陳侯作王仲嬀𢝫簋（陳侯簋）

【時代】春秋中期。

【著錄】集成 4604，總集 2961、總集 2962，三代 10.20.3-4，貞續中 1.2-
　　　　2.1，善齋 9.8-9，小校 9.18.1（蓋），小校 9.18.2（器），銘文選
　　　　584，辭典 667，夏商周 457，國史金 1821，山東成 418-419，圖
　　　　像集成 5937。

【現藏】上海博物館。

【字數】26。

【器影】

【拓片】  （蓋）　　　　（器）

【釋文】隹（唯）正月初吉丁亥，敶（陳）医（侯）乍（作）王中（仲）
　　　　嬀婦舉（媵）𣪘（簋），用𤲃（祈）釁（眉）耆（壽）無彊（疆），
　　　　永𠄗（壽）用之。

373. 陳侯作孟姜𣪘簋（陳侯簋）

【時代】春秋中期。

【著錄】集成 4607，山東成 420，西清 29.5，圖像集成 5940。

【字數】27。

【器影】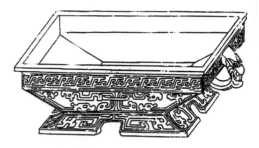

【拓片】

【釋文】佳（唯）正月初吉丁亥，敶（陳）庆（侯）乍（作）孟姜𦰩（𦺳）
　　　　𦥑（媵）匜（簋）。用旛（祈）釁（眉）𤯓（壽），□年無彊（疆），
　　　　永𤯓（壽）用。

374. 陳侯作孟姜𦰩簋（陳侯簋）

【時代】春秋早期。

【著錄】集成 4606，總集 2967，三代 10.21.3，愙齋 15.3，周金 3.125.1，
　　　　夢續 15，通考 357，小校 9.18.3，大系 204，銘文選 583，旅順博
　　　　31、47 頁，山東成 421，鬱華 295.1，圖像集成 5939。

【現藏】旅順博物館。

【字數】27。

【器影】

【拓片】

【釋文】佳（唯）正月初吉丁亥，敶（陳）庆（侯）乍（作）孟姜𦰩（𦺳）
　　　　犇（媵）匜（簋），用旛（祈）釁（眉）𤯓（壽）萬年無彊（疆），
　　　　永𤯓（壽）用之。

375. 陳公子仲慶簠

【出土】1979 年湖北隨縣城郊季氏梁。

【時代】春秋中期。

【著錄】集成 4597，總集 2958，銘文選 581，辭典 666，文物 1980 年 1
期 35 頁圖四，曾銅 314 頁，山東成 422，圖像集成 5935。

【現藏】隨州市博物館。

【字數】25（重文 2）。

【器影】

【拓片】

【釋文】敶（陳）公子中（仲）慶自乍（作）匡（筐）臣（簠），用旂
（祈）貫（眉）耆（壽）萬年無彊（疆），子子孫孫永耆（壽）
用之。

376. 齊陳曼簠

【時代】戰國早期。

【著錄】集成 4595，總集 2956，三代 10.19.2，西清 29.6，貞松 6.33，大
系 258.1，故宮 7 期，山東存齊 23.2，通考 363，故圖下上 89，彙
編 283，山東成 423，圖像集成 5923。

【現藏】臺北故宮博物院。

【字數】22。

【器影】

【拓片】

【釋文】鑾（齊）陳曼不敢逸康，肇（肈）菫經德，乍（作）皇考
獻（獻）弔（叔）餴廄，永保用臣（簠）。

377. 齊陳曼簠

【時代】戰國早期。

【著錄】集成 4596，總集 2956，三代 10.20.1，攗古 2.3.17.1，憲齋 15.8.1，
綴遺 8.28.1，奇觚 5.23.1，敬吾下 24.2，周金 3.126.2，小校 9.15.4，
大系 258.2，山東存齊 23.1，銘文選 861，青全 9.1 乙，夏商周 563，
山東成 424。

【現藏】上海博物館。

【字數】22。

【器影】

【拓片】

【釋文】㠵（齊）陳（陳）曼不敢逸康，肇（肇）堇（勤）經德，乍（作）皇考獻（獻）弔（叔）餴廄，永保用匜（簠）。

七、敦

378. 㔻公孫敦

【出土】1987 年某人捐獻，據捐獻者稱此敦清光緒年間出土於山東膠南縣
六汪鎮山周村齊長城腳下。

【時代】春秋晚期。

【著錄】考古 1989 年 6 期 565 頁圖 2，近出 537，山東成 429.2，圖像集成
6070，海岱 37.26。

【現藏】膠南縣博物館。

【字數】15。

【器影】

【拓片】

【釋文】紃公孫盬（鑄）其薔（膳）盉（敦），老薔（壽）用之，大寶（福）無萁（期）。

379. 滕侯敦

【出土】1987 年 4 月山東滕縣洪緒公社杜莊村。

【時代】春秋晚期。

【著錄】考古 1984 年 4 期 336 頁圖 8 右，集成 4635，綜覽.敦 11，山東成 429.1，圖像集成 6057，海岱 153.11。

【字數】6。

【器影】

【拓片】

【釋文】縢（滕）厌（侯）□之御臺（敦）。

傳世敦

380. 齊侯作孟姜敦

【出土】傳光緒十九年（1893）直隸易州出。

【時代】春秋晚期。

【著錄】集成 4645，總集 3096，三代 8.35.1〈誤作簋〉，奇觚 3.29，周金 4.20.2〈誤作匜〉，齊侯 4，小校 8.35.1，山東存齊 2.2，大系 25.4.1，通考 390，美集 R422，銘文選 860，山東成 427-428，圖像集成 6076。

【現藏】美國紐約市美術博物館。

【字數】34（重文 4）。

【拓片】

【釋文】旅（齊）厌（侯）乍（作）朕（媵）寡（寬）▮孟姜鬻（膳）臺（敦）。用旂（祈）賮（眉）壽（壽）萬生（年）無彊（疆），它它配（熙）配（熙），男女無碁（期），子子孫孫永保（保）用之。

381. 齊侯敦

【時代】春秋晚期。

【著錄】集成 4638，總集 3093，三代 7.23.5，攈古 2.1.60.1，愙齋 8.8.1，敬吾下 2.2，周金 3.111.5，小校 7.77.4，山東存齊 1.2，讀金 159，山東成 430，圖像集成 6065。

【字數】11。

【拓片】

【釋文】旅（齊）医（侯）乍（作）飤臺（敦），甘（其）萬年永俘（保）
用。

382. 齊侯敦

【時代】春秋晚期。

【著錄】集成 4639，總集 3092，三代 7.24.1-2，周金 3.112.1，貞松 5.15.1-2
（誤為簋），希古 3.15.3-2，山東存齊 1.3-4，國史金 1623（器，
誤為簋）山東成 431，圖像集成 6064。

【字數】11（蓋器同銘）。

【拓片】（蓋）（器）

【釋文】旅（齊）医（侯）乍（作）飤 臺（敦），甘（其）萬 年永俘（保）
用。

383. 十年墜侯午敦

【時代】戰國晚期。

【著錄】集成 4648，總集 3099，錄遺 168，銘文選 863，山東成 433，圖
像集成 6079。

【字數】38。

【拓片】

【釋文】隹（唯）十年，陸（陳）厌（侯）午淖（朝）羣邦者（諸）厌（侯）
于齊。者（諸）厌（侯）盲（享）台（以）吉金，用 乍（作）平
嗇（壽）造器 𤔲（敦）。台（以）登（烝）台（以）嘗，保有齊
邦，永豈（世）母（毋）忘。

384. 陳侯因𦵑敦

【時代】戰國晚期。

【著錄】集成 4649，總集 3100，三代 9.17.1，從古 15.31，攈古 3.1.75，愙
齋 9.11.2，奇觚 4.13，敬吾下 36.1，周金 3.30.2，簠齋 3 敦 24，
陳侯 4，善齋 2.82，善彝 88，通考 378，小校 3.25.1，安徽金石
1.14，大系 260.2，銘文選 866，韡華丙 10，鬱華 141，山東成 432，
圖像集成 6068。

【字數】81（重文 2）。

【器影】

【拓片】

【釋文】隹（唯）正六月癸未，墜（陳）厌（侯）因脊曰：皇考孝武趄公，
龏（恭）巤（哉），大慕（謨）克成，其惟因脊，敡（揚）皇考，
聖（紹）緟高且（祖）黃啻（帝），侎（纘）極（嗣）趄文，湻
（朝）夐（問）者（諸）厌（侯），合（答）敡（揚）𢍌悳（德）。
者（諸）厌（侯）盫薦吉金，用乍（作）孝武趄公祔（祭）器鐸
（錞）。台（以）並（烝）台（以）嘗，保有齊邦，豈（世）萬
子孫，永為典尚（常）。

385. 十四年墜侯午敦

【時代】戰國晚期。

【著錄】集成 4646，總集 3097，攈古 3.1.7.1，武英 80，通考 375，山東存
齊 18.1，大系 258.3〈又 259.1 重出〉，銘文選 864，青全 9.15，
山東成 434，圖像集成 6077。

【現藏】中國國家博物館。

【字數】36。

【器影】

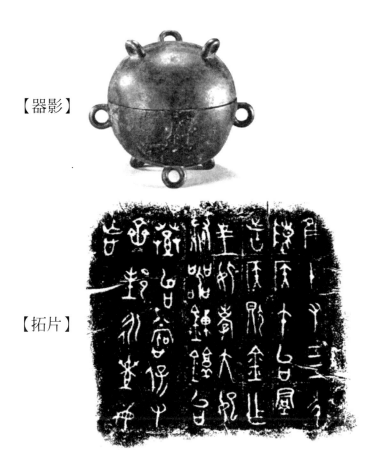

【拓片】

【釋文】隹（唯）十又四年，陸（陳）厌（侯）午台（以）羣者（諸）厌
（侯）獻（獻）金乍（作）皇妣（姒）孝大妃祔（祭）器𣂶鐏（錞）。
台（以）並（烝）台（以）嘗，保又（有）齊邦，永豈（世）母
（毋）忘。

八、豆

386. 戲龏豆

【出土】傳 1981 年山東費縣出土，1981 年北京市文物工作隊從廢銅中揀
選。

【時代】商代晚期。

【著錄】文物 1982 年 9 期 39 頁圖 11，青全 4.47，集成 4652，山東成 441，
圖像集成 6102，海岱 139.5。

【現藏】北京市文物研究所。

【字數】2。

【器影】

【拓片】

【釋文】叝糞。

387. 梁伯可忌豆（梁伯可忌敦／槃可忌豆）

【出土】1987 年 8 月山東淄博市臨淄區白兔邱村。

【時代】戰國時期。

【著錄】考古 1990 年 10 期 1045 頁圖 2，近出 543，新收 1074，山東成 443，圖像集成 6152，海岱 170.1。

【現藏】臨淄齊國故城博物館。

【字數】21。

【器影】

【拓片】

【釋文】隹（唯）王正九月辰才（在）丁亥，𤔲可忌乍（作）氒（厥）元子中（仲）姑朕鐙（錞－敦）。

九、爵

388. 祖戊爵

【出土】1980 年山東桓臺縣田莊公社史家大隊崖頭（南埠子）。

【時代】商代晚期。

【著錄】文物 1982 年 1 期 87 頁圖 6，新收 1064，山東成 539.2，圖像集成
　　　　7131。

【現藏】濟南市博物館。

【字數】2。

【器影】

【拓片】

【釋文】且（祖）戊。

389. 祖戊爵

【出土】山東桓臺史家遺址。

【時代】商代中晚期。

【著錄】淄博文物精粹 59 頁 NO.48，桓臺文物 26 頁，文物 1982 年 1 期 87 頁圖 6，通鑒 7780，海岱 40.3。

【收藏】桓臺博物館。

【字數】2。

【器影】

【拓片】

【釋文】且（祖）戊。

390. 田父甲爵

【出土】民國七年（1918 年）山東長清縣崮山驛。

【時代】商代晚期。

【著錄】三代 16.3.8，貞松 10.1.3，董盦 5，集成 8368，總集 3761，綜覽. 爵 106，國史金 728.1，山東成 559.3，圖像集成 7743。

【字數】3。

【拓片】

【釋文】田父甲。

391. 冀亞爵

【出土】1957 年山東長清縣興復河北岸王玉莊與小屯村之間（42 號）。

【時代】商代晚期。

【著錄】文物 1964 年 4 期 42 頁圖 2.2，集成 8771，總集 4040，山東成 532.2，圖像集成 8016。

【現藏】山東省博物館。

【字數】3。

【拓片】

【釋文】冀亞𢍜。

392. 冀亞𢍜爵

【出土】1957 年山東長清縣興復河北岸王玉莊與小屯村之間（41 號）。

【時代】商代晚期。

【著錄】文物 1964 年 4 期 42 頁圖 2.3，集成 8772，總集 4041，山東成 532.3，圖像集成 8017。

【現藏】山東省博物館。

【字數】3。

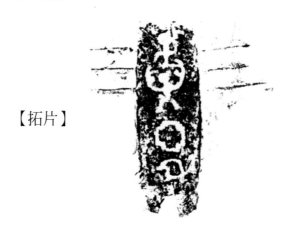

【拓片】

【釋文】冀亞𠨀。

393. 冀亞𠨀爵

【出土】1957 年山東長清縣興復河北岸王玉莊與小屯村之間（16 號）。

【時代】商代晚期。

【著錄】文物 1964 年 4 期 42 頁圖 2.4，集成 8773，總集 4042，山東成 533.1，圖像集成 8018。

【現藏】山東省博物館。

【字數】3。

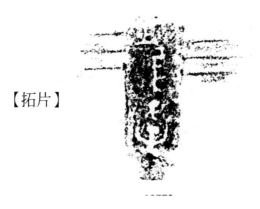

【拓片】

【釋文】冀亞𠨀。

394. 冀亞爵

【出土】1957 年山東長清縣興復河北岸王玉莊與小屯村之間（23 號）。

【時代】商代晚期。

【著錄】文物 1964 年 4 期 42 頁圖 2.5，山東選 71，集成 8774，總集 4039，
山東成 532.1，圖像集成 8019。

【現藏】山東省博物館。

【字數】3。

【拓片】

【釋文】冀亞。

395. 爵

【出土】1957 年山東長清縣興復河北岸王玉莊與小屯村之間（1 號）。

【時代】商代晚期。

【著錄】文物 1964 年 4 期 42 頁圖 2.1，集成 7331，總集 3374，山東成
533.2，圖像集成 6551。

【現藏】山東省博物館。

【字數】1。

【器影】

【拓片】

【釋文】♀。

396. 父甲爵

【出土】1975 年山東膠縣西庵村西周墓葬。

【時代】商代晚期。

【著錄】文物 1977 年 4 期 69 頁圖 13.2，集成 7874，總集 3430，山東成 551.1，圖像集成 7150。

【現藏】山東濰坊市博物館。

【字數】2。

【器影】

【拓片】

【釋文】父甲。

397. 父癸爵

【出土】1975 年山東膠縣西庵村商代墓葬。

【時代】商代晚期。

【著錄】文物 1977 年 4 期 69 頁圖 13.1，集成 8723，總集 3956，圖像集成
　　　　7952。

【現藏】濰坊市博物館。

【字數】3。

【器影】

【拓片】

【釋文】父癸。

398. 爵

【出土】1963 年山東蒼山縣東堯村。

【時代】商代晚期。

【著錄】文物 1965 年 7 期 27 頁圖 1.1，集成 7388，總集 3375，山東成 538.4，
　　　　圖像集成 6550。

【現藏】山東省臨沂縣博物館。

【字數】1。

【器影】

【拓片】

【釋文】。

399. 亞醜爵

【出土】1966 年山東益都縣蘇埠屯西周墓葬（M1：18）。

【時代】商代晚期。

【著錄】文物 1972 年 8 期 21 頁圖 7.3，集成 7783，總集 3397，山東成 545.2，圖像集成 7063。

【現藏】山東省博物館。

【字數】2。

【拓片】

【釋文】亞醜。

400. 亞醜爵

【出土】1986 年春山東青州市蘇埠屯商代墓（M7：7）。

【時代】商代晚期。

【著錄】海岱考古第 1 輯 264 頁圖 10.2，近出 827，新收 1050，山東成
545.3，圖像集成 7064。

【現藏】山東青州市博物館。

【字數】2。

【器影】

【拓片】

【釋文】亞醜。

401. 爵（保爵）

【出土】1971 年 4 月山東鄒縣化肥廠商代晚期墓葬。

【時代】商代晚期。

【著錄】文物 1972 年 5 期 4 頁圖 4，集成 7404，總集 3659，綜覽.爵 186，
山東成 538.3，圖像集成 6612。

【現藏】山東省鄒縣文物管理所。

【字數】1。

【器影】

【拓片】

【釋文】𤔲（保）。

402. 庚父丁爵

【出土】1973 年 4 月山東鄒縣城關公社小西韋村。

【時代】商代晚期。

【著錄】文物 1974 年 1 期 77 頁圖 4，集成 8915，總集 4038，山東成 539.1，
圖像集成 8316。

【現藏】鄒城市博物館。

【字數】4。

【器影】

【拓片】

【釋文】𤔲庚父丁。

403. 母癸爵

【出土】1975 年冬山東泗水縣張莊公社窖堌堆村。

【時代】商代晚期。

【著錄】考古 1986 年 12 期 1039 頁圖 2.4，近出 815，新收 1038，山東成
556.1，圖像集成 7272。

【現藏】山東泗水縣文化館。

【字數】2。

【拓片】

【釋文】母癸。

404. 母乙爵

【出土】1975 年冬山東泗水縣張莊公社窖堌堆村。

【時代】商代晚期。

【著錄】考古 1986 年 12 期 1039 頁圖 2.3，近出 814，新收 1037，山東成
556.2，圖像集成 7269。

【現藏】泗水縣文化館。

【字數】2。

【拓片】

【釋文】母乙。

405. 𢎥右爵

【出土】1980—1982 年山東昌樂縣東圈（74：1）。

【時代】商代晚期。

【著錄】海岱考古第 1 輯 306 頁圖 11.7，近出 860，新收 1035，山東成 556.3，圖像集成 7548。

【現藏】濰坊市博物館。

【字數】2。

【器影】

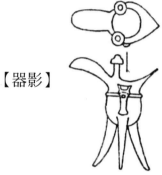

【拓片】

【釋文】𢎥右。

406. 子義爵

【出土】1984 年 10 月山東平陰縣洪範村臧莊。

【時代】商代晚期。

【著錄】文物 1992 年 4 期 95 頁圖 2，近出 843，新收 1027，山東成 538.2，圖像集成 7338。

【現藏】平陰縣博物館。

【字數】2。

【器影】

【拓片】

【釋文】子義。

407. 榮鬥爵

【出土】1985 年春山東濰坊市坊子區後鄧村院上水庫南崖（M1.2）。

【時代】商代晚期。

【著錄】海岱考古第 1 輯 313 頁圖 1.4，考古 1993 年 9 期 718 頁，近出 857，新收 1164，山東成 533.4，圖像集成 8069。

【現藏】濰坊市博物館。

【字數】3。

【器影】

【拓片】

【釋文】焚（熒－榮）〜門。

408. 融爵

【出土】1986 年山東青州市蘇埠屯商代墓（M8：6）。

【時代】商代晚期。

【著錄】海岱考古第 1 輯 264 頁圖 10.7，近出 772，新收 1053，山東成

555.4，圖像集成 6434。

【現藏】山東省青州市博物館。

【字數】1。

【器影】

【拓片】

【釋文】融。

409. 子爵

【出土】1991 年 10 月山東省滕州市龍堌堆遺址。

【時代】商代晚期。

【著錄】考古 1994 年 1 期 94 頁圖 3，近出 781，新收 1126，山東成 538.1，
圖像集成 6669。

【現藏】山東省滕州市博物館。

【字數】1。

【器影】

【拓片】

【釋文】子。

410. 父己爵

【出土】1994 年 4 月山東青州市于家莊。

【時代】商代晚期。

【著錄】考古 1997 年 7 期 66 頁圖 1，近出 812，新收 1047，山東成 558，
圖像集成 7207。

【現藏】青州市博物館。

【字數】2。

【器影】

【拓片】

【釋文】父己。

411. 宅止癸爵

【出土】1995 春年山東濰坊市南郊。

【時代】商代晚期。

【著錄】文物報 1997 年 11 月 23 日 3 版，新收 1166，山東成 557.2，圖像
集成 7990。

【現藏】濰坊市博物館。

【字數】3。

【拓片】

【釋文】宅止癸。

412. 叔**爵**

【出土】2003 年 6 月山東濟南市歷城區王舍人鎮大辛莊商代墓（M72：8）。

【時代】商代晚期。

【著錄】考古 2004 年 7 期 31 頁圖 4，新收 1150，圖像集成 6800。

【現藏】山東省文物考古研究所。

【字數】1。

【器影】

【拓片】

【釋文】叔。

413. 虘冀**爵**

【出土】傳 1981 年山東費縣出土，1981 年北京市文物工作隊從廢銅中揀選。

【時代】商代晚期。

【著錄】文物 1982 年 9 期 39 頁圖 15（右），集成 8167，山東成 550.1，圖像集成 7667。

【現藏】北京市文物研究所。

【字數】2。

【器影】

【拓片】

【釋文】虘龔。

414. 虘龔爵

【出土】傳 1981 年山東費縣出土，1981 年北京市文物工作隊從廢銅中揀選。

【時代】商代晚期。

【著錄】文物 1982 年 9 期 39 頁圖 15（左），集成 8168，山東成 550.2，圖像集成 7668。

【現藏】北京市文物研究所。

【字數】2。

【器影】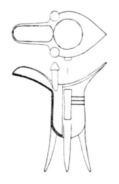

【拓片】

【釋文】戠冀。

415. 亞 舟爵

【出土】「乾隆末年出土於壽張縣梁山」（山東存）。

【時代】商代晚期。

【著錄】三代 16.26.3，積古 2.3.2，攈古 1 之 2.15.4，續殷下 32.9，山東存下 8.3，集成 8782，總集 3992，國史金 656.1，圖像集成 8031。

【字數】3。

【拓片】

【釋文】亞 舟。

416. 亞 爵

【出土】乾隆末年山東壽張縣梁山。

【時代】商代晚期或西周早期。

【著錄】綴遺 19.30.2，續殷下 20.2，山東存下 8.2，集成 7814，山東成 560.2，圖像集成 8032。

【字數】3。

【拓片】

【釋文】亞𦨶[舟]。

417. 𠆢爵

【出土】山東桓臺史家遺址。

【時代】商代晚期。

【著錄】桓臺文物 26 頁，海岱 12.1。

【字數】1。

【器影】

【拓片】

【釋文】。

418. 人爵

【出土】山東桓臺史家遺址。

【時代】商代晚期。

【著錄】桓臺文物 26 頁，臨淄文物精粹 61 頁 NO.50，海岱 12.2。

【字數】1。

【器影】

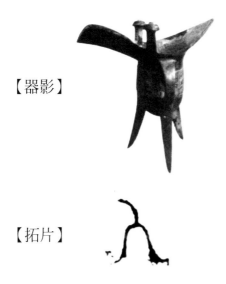

【拓片】

【釋文】人。

419. 父辛爵

【出土】山東桓臺史家遺址。

【時代】商代晚期。

【著錄】桓臺文物 24 頁，海岱 40.4。

【字數】2。

【器影】

【拓片】

【釋文】父辛。

420. 𝒮爵

【出土】山東桓臺史家遺址。

【時代】商代晚期。

【著錄】桓臺文物 27 頁，海岱 40.5。

【字數】1。

【器影】

【拓片】

【釋文】𝒮。

421. 亦母爵

【出土】山東桓臺史家遺址。

【時代】商代晚期。

【著錄】桓臺文物 27 頁，海岱 47.1。

【收藏】桓臺博物館。

【字數】2。

【器影】

【拓片】

【釋文】亦母。

422. 羍爵

【出土】山東桓臺史家遺址。

【時代】商代晚期。

【著錄】海岱 48.1。

【收藏】桓臺博物館。

【字數】1。

【器影】

【拓片】

【釋文】羍。

423. 亞父丁爵

【出土】山東桓臺史家遺址。

【時代】商代晚期。

【著錄】海岱 49.4。

【收藏】桓臺博物館。

【字數】4。

【器影】

【拓片】

【釋文】亞畐父丁。

424. 曾𤕠中見爵

【出土】1998 年山東省滕州市官橋鎮前掌大村商周墓地（M127：2）。

【時代】商代晚期。

【著錄】滕州 256 頁圖 181.4，近出二 782，圖像集成 7991。

【現藏】中國社會科學院考古研究所。

【字數】3。

【器影】

【拓片】

【釋文】曾中見。

425. 史爵

【出土】1987 年山東省滕州市官橋鎮前掌大村商周墓地（M213：77）。

【時代】商代晚期。

【著錄】滕州 247 頁圖 175.1，近出二 695，圖像集成 6691。

【現藏】中國社會科學院考古研究所。

【字數】1。

【器影】

【拓片】

【釋文】史。

426. 史爵

【出土】1998 年山東省滕州市官橋鎮前掌大村商周墓地（M129：2）。

【時代】商代晚期。

【著錄】滕州 251 頁圖 178.2，近出二 696，圖像集成 6692。

【現藏】中國社會科學院考古研究所。

【字數】1。

【器影】

【拓片】

【釋文】史。

427. 史爵

【出土】1995 年山東省滕州市官橋鎮前掌大村商周墓地（M38：58）。

【時代】商代晚期。

【著錄】滕州 251 頁圖 178.3，近出二 697，圖像集成 6693。

【現藏】中國社會科學院考古研究所。

【字數】1。

【器影】

【拓片】

【釋文】史。

428. 史爵

【出土】1995 年山東省滕州市官橋鎮前掌大村商周墓地（M38：62）。

【時代】商代晚期。

【著錄】滕州 251 頁圖 178.4，近出二 698，圖像集成 6694。

【現藏】中國社會科學院考古研究所。

【字數】1。

【器影】

【拓片】

【釋文】史。

429. 史爵

【出土】1994 年山東省滕州市官橋鎮前掌大村商周墓地（M17：1）。

【時代】商代晚期。

【著錄】滕州 253 頁圖 179.1，近出二 699，圖像集成 6695。

【現藏】中國社會科學院考古研究所。

【字數】1。

【器影】

【拓片】

【釋文】史。

430. 史爵

【出土】1998 年山東省滕州市官橋鎮前掌大村商周墓地（M120：15）。

【時代】商代晚期。

【著錄】滕州 257 頁圖 182.2，近出二 700，圖像集成 6696。

【現藏】中國社會科學院考古研究所。

【字數】1。

【器影】

【拓片】

【釋文】史。

431. 史爵

【出土】1998 年山東省滕州市官橋鎮前掌大村商周墓地（M120：17）。

【時代】商代晚期。

【著錄】滕州 257 頁圖 182.3，近出二 701，圖像集成 6697。

【現藏】中國社會科學院考古研究所。

【字數】1。

【器影】

【拓片】

【釋文】史。

432. 史爵

【出土】1994 年山東省滕州市官橋鎮前掌大村商周墓地（M11：98）。

【時代】商代晚期。

【著錄】滕州 257 頁圖 182.3，近出二 702，圖像集成 6698。

【現藏】中國社會科學院考古研究所。

【字數】1。

【器影】

【拓片】

【釋文】史。

433. 史爵

【出土】1994 年山東省滕州市官橋鎮前掌大村商周墓地（M11：108）。

【時代】商代晚期。

【著錄】滕州 260 頁圖 184.1，近出二 703，圖像集成 6699。

【現藏】中國社會科學院考古研究所。

【字數】1。

【器影】

【拓片】

【釋文】史。

434. 史爵

【出土】1994 年山東省滕州市官橋鎮前掌大村商周墓地（M11：104）。

【時代】商代晚期。

【著錄】滕州 260 頁圖 184.2，近出二 704，圖像集成 6700。

【現藏】中國社會科學院考古研究所。

【字數】1。

【器影】

【拓片】

【釋文】史。

435. 史爵

【出土】1994 年山東省滕州市官橋鎮前掌大村商周墓地（M11：102）。

【時代】商代晚期。

【著錄】滕州 260 頁圖 184.4，近出二 705，圖像集成 6701。

【現藏】中國社會科學院考古研究所。

【字數】1。

【器影】

【拓片】

【釋文】史。

436. 史爵

【出土】1994 年山東省滕州市官橋鎮前掌大村商周墓地（M18：29）。

【時代】商代晚期。

【著錄】滕州 261 頁圖 185.2，近出二 706，圖像集成 6702。

【現藏】中國社會科學院考古研究所。

【字數】1。

【器影】

【拓片】

【釋文】史。

437. 史父乙爵

【出土】1994 年山東省滕州市官橋鎮前掌大村商周墓地（M121：6）。

【時代】商代晚期。

【著錄】滕州 261 頁圖 185.3，近出二 767，圖像集成 7758。

【現藏】中國社會科學院考古研究所。

【字數】3。

【器影】

【拓片】

【釋文】史。父乙。

438. 史父乙爵

【出土】1994 年山東省滕州市官橋鎮前掌大村商周墓地（M121：4）。

【時代】商代晚期。

【著錄】滕州 261 頁圖 185.4，近出二 768，圖像集成 7759。

【現藏】中國社會科學院考古研究所。

【字數】3。

【器影】

【拓片】

【釋文】史。父乙。

439. 史嬰爵

【出土】1998 年山東省滕州市官橋鎮前掌大村商周墓地（M110：4）。

【時代】商代晚期。

【著錄】滕州 256 頁圖 181.2，近出二 781，圖像集成 8361。

【現藏】中國社會科學院考古研究所。

【字數】4。

【器影】

【拓片】

【釋文】史𤔔乍（作）爵。

440. 叀▲爵

【出土】1995 年山東省滕州市官橋鎮前掌大村商周墓地（M41：10）。

【時代】商代晚期。

【著錄】滕州 250 頁圖 177.3，近出二 747，圖像集成 7406。

【現藏】中國社會科學院考古研究所。

【字數】2。

【器影】

【拓片】

【釋文】叀▲。

441. 父丁爵

【出土】1994 年山東省滕州市官橋鎮前掌大村商周墓地（M21：42）。

【時代】商代晚期。

【著錄】滕州 254 頁圖 180.4，近出二 748，圖像集成 7179。

【現藏】中國社會科學院考古研究所。

【字數】2。

【器影】

【拓片】

【釋文】。

442. 鼻爵

【出土】1995 年山東省滕州市官橋鎮前掌大村商周墓地（M49：4）。

【時代】商代晚期。

【著錄】滕州 251 頁圖 178.1，圖像集成 6420，近出二 711。

【現藏】中國社會科學院考古研究所。

【字數】1。

【器影】

【拓片】

【釋文】鼻。

443. 蚊丁爵

【出土】山東益都縣。

【時代】商代晚期。

【著錄】三代 15.36.2，愙齋 22.13.3，綴遺 22.10.1，奇觚 7.27.2，殷存下
10.4，小校 6.30.5，山東存下 14.3，集成 8189，總集 3607，鬱華
317.2，山東成 547.2，圖像集成 7489。

【字數】2。

【拓片】

【釋文】蚊**T**。

444. 月爵

【出土】1974 年 5 月山東滕州市官橋鎮大韓村。

【時代】商代晚期。

【著錄】考古 1996 年 5 期 30 頁圖 2.7，山東成 549.1，圖像集成 6441。

【現藏】滕州市博物館。

【字數】1。

【器影】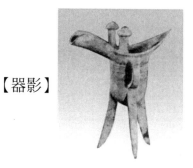

【拓片】

【釋文】（。

445. 剌父癸爵

【出土】1973 年 6 月山東兗州縣（今兗州市）嶧山區李宮村商周墓葬。

【時代】商代晚期或西周早期。

【著錄】文物 1990 年 7 期 37 頁圖 7，近出 889，新收 1062，山東成 557.1，
圖像集成 7973。

【現藏】山東兗州縣博物館。

【字數】3。

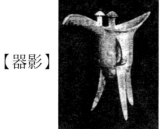

【器影】

【拓片】

【釋文】剌父癸。

446. 爻父丁爵

【出土】山東滕州市井亭。

【時代】商代晚期或西周早期。

【著錄】山東選 32.78，總集 4021，山東成 561.1，圖像集成 7827。

【字數】3。

【拓片】

【釋文】爻父丁。

447. 舟父戊爵（父戊舟爵／舟爵）

【出土】「山東長山縣人耕地得兩爵一卣一鬲，售於歷城市肆」（金索）。

【時代】西周早期。

【著錄】三代 16.34.5，金索金 1.17.1，從古 14.15，愙齋 23.2.2，攈古 1 之
3.16.2，綴遺 22.16.1，殷存下 20.5，簠齋 2 爵 6，雙吉上 38，小
校 6.68.1，山東存下 15.4，集成 9012，總集 4142，綜覽.爵 205，
鬱華 328.2，山東成 571，圖像集成 8470。

【現藏】故宮博物院。

【字數】5。

【器影】

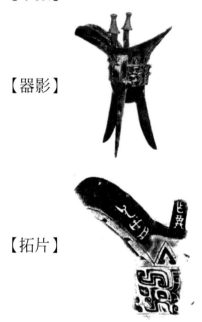

【拓片】

【釋文】父戊舟乍（作）彝（尊）。

448. 舟父戊爵（父戊舟爵／舟爵）

【出土】「山東長山縣人耕地得兩爵一卣一鬲，售於歷城市肆」（金索）。

【時代】西周早期。

【著錄】三代 16.35.1，金索金 1.17.2，從古 14.16，愙齋 23.2.1，攈古 1 之
3.16.1，綴遺 22.16.2，奇觚 7.19.2，簠齋 2 爵 7，小校 6.67.8，雙
吉上 39，山東存下 15.3，集成 9013，總集 4143，鬱華 328.3，山
東成 572，圖像集成 8471。

【現藏】故宮博物院。

【字數】5。

【器影】

【拓片】

【釋文】父戊舟乍（作）彝（尊）。

449. 天爵

【出土】1936 年山東益都縣蘇埠屯西周墓葬。

【時代】西周早期。

【著錄】田野（2）173 頁圖版 2.9，圖像集成 6909，海岱 26.2。

【字數】1。

【器影】

【拓片】

【釋文】天。

450. 父己爵

【出土】1956 年山東泰安縣徂來鄉黃花嶺。

【時代】西周早期。

【著錄】考古與文物 2000 年 4 期 16 頁圖 6，新收 1066，圖像集成 8176。

【現藏】泰安市博物館。

【字數】3。

【器影】

【拓片】

【釋文】（旅）父己。

451. 乎子父乙爵

【出土】1980 年山東滕縣（今滕州市）莊里西村。

【時代】西周早期。

【著錄】集成 8862，山東成 567，圖像集成 8374。

【現藏】滕州市博物館。

【字數】4。

【器影】

【拓片】

【釋文】乎子父乙。

452. 乎子父乙爵

【出土】1980 年山東滕縣莊里西村。

【時代】西周早期。

【著錄】集成 8863，山東成 568.1，圖像集成 8375。

【現藏】滕州市博物館。

【字數】4。

【拓片】

【釋文】乎子父乙。

453. 妊爵

【出土】1981 年山東滕縣莊里西村。

【時代】西周早期。

【著錄】集成 9027，山東成 568.2，圖像集成 8474。

【現藏】滕縣博物館。

【字數】5。

【拓片】

【釋文】妊乍（作）（殺）贏（嬴）彝。

454. 妊爵

【出土】1981 年山東滕縣莊里西村。

【時代】西周早期。

【著錄】集成 9028，山東成 568.3，圖像集成 8475。

【現藏】滕縣博物館。

【字數】5。

【拓片】

【釋文】妊乍（作）（殺）贏（嬴）彝。

455. 弔父癸爵（叔父癸爵）

【出土】1984 年 10 月山東新泰市府前街。

【時代】西周早期。

【著錄】文物 1992 年 3 期 94 頁圖 8.4，近出 888，新收 1107，山東成 533.3，
圖像集成 8230。

【現藏】新泰市博物館。

【字數】3。

【器影】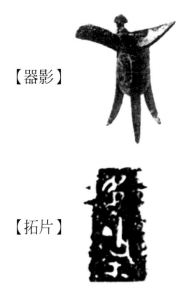

【拓片】

【釋文】弔（叔）父癸。

456. 史爵

【出土】1990 年 5 月山東鄒城市北宿鎮西丁村西周墓（M1：1）。

【時代】西周早期。

【著錄】考古 2004 年 1 期 94 頁圖 1.1，新收 1114，圖像集成 6924。

【現藏】山東省鄒城市文物管理局。

【字數】1。

【器影】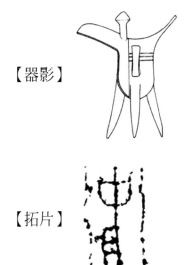

【拓片】

【釋文】史。

457. 父癸爵

【出土】山東任城（今濟寧）。

【時代】西周早期。

【著錄】三代 15.24.10，金索金 1.15，集成 7976，總集 3494，山東成 536（摹本），圖像集成 7642。

【字數】2。

【器影】

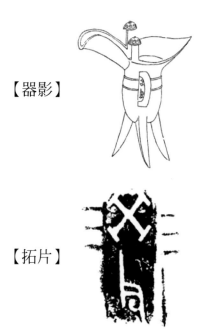

【拓片】

【釋文】父癸。

458. 𨚵𨔶父庚爵（𨚵遲父庚爵）

【出土】徐宗幹於嘉慶二十五年（1820 年）購於任城（今山東濟寧）（金索）。

【時代】西周早期。

【著錄】三代 16.39.7，金索金 1.16，愙齋 23.21.1，殷存下 21.7，小校 6.71.3，集成 9058，鬱華 329.3，山東成 535（摹本），圖像集成 8516。

【字數】6。

【器影】

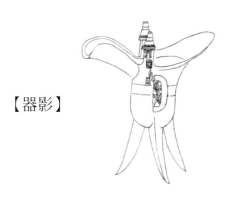

【拓片】

【釋文】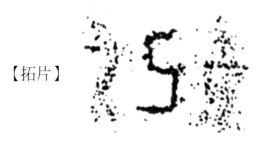（埶）徥（遲）父庚寶彝。

459. 己爵

【出土】1994 年山東煙台市毓璜頂東坡。

【時代】西周早期。

【著錄】山東成 575.1，圖像集成 6956。

【現藏】煙台市博物館。

【字數】1。

【拓片】

【釋文】己。

460. 文母日乙爵

【出土】1982 年山東諸城市齊家近戈莊。

【時代】西周早期。

【著錄】山東成 575.2，圖像集成 8566。

【現藏】諸城市博物館。

【字數】8。

【拓片】

【釋文】□□肇乍（作）文考日乙。

461. 鬲爵（史鬲爵／史爵）

【出土】1989 年山東滕州莊里西西周墓（M7：7）。

【時代】西周早期。

【著錄】國博館刊 2012 年第 1 期 112 頁圖 33.5，圖像集成 8550。

【現藏】滕州市博物館。

【字數】8。

【器影】

【拓片】

【釋文】[史]夈[乍（作）]父癸寶[隣（尊）]彝。

462. 父癸爵

【出土】1989 年山東滕州市莊里西西周墓（M4:2）。

【時代】西周早期。

【著錄】國博刊 2012 年 1 期 103 頁圖 33.6，圖像集成 7635。

【字數】2。

【器影】

【拓片】

【釋文】父癸。

傳世爵

463. 婦閩爵

【時代】商。

【著錄】集成 9092，總集 4924（誤爲觥），三代 18.21.1-2（誤爲觥），
從古 14.36.1-2（誤爲觥），攈古 2.1.70.2-2.1.71.1（誤爲觥），愙
齋 21.10.3-4（誤爲觥），綴遺 22.30.1-2（誤爲觥），奇觚 6.26.1-2
（誤爲觥），周金 5.70.1-2（誤爲觥），簠齋 2 觥 1（誤爲觥），
小校 5.44.1-2（誤爲觥），鬱華 384.2-3，彙編 476，山東成 483
（誤爲觥），圖像集成 8572。

【現藏】美國弗里爾美術陳列館。

【字數】10（蓋器同銘）。

【器影】

【拓片】　　　　　　　　　（蓋）　　　　　　　　　　　（器）

【釋文】敊（婦）閩乍（作）文敊（姑）日癸隮（尊）彝。雟。

【注釋】此器各書均誤爲兕觥。

464. 虙戊戗爵

【出土】傳河南洛陽。

【時代】西周早期。

【現藏】北京故宮博物院。

【著錄】集成 8331，山東成 534，北圖 225，總集 3981，三代 16.25.5，貞
　　　　松 10.14.4，善齋 7.31，小校 6.60.3，續殷下 22.12，善彝 158。

【字數】3。

【器影】

【拓片】

【釋文】虙（虙）戊戗。

465. 虙戊戗爵

【出土】傳河南洛陽。

【時代】西周早期。

【著錄】山東成 534，北圖 226，總集 3982，三代 16.25.6，貞松 10.14.3，
　　　　善齋 7.30，小校 6.20.2，續殷下 22.11。

【字數】3。

【器影】

【拓片】

【釋文】𬬱（叡）戊觥。

466. □西單爵

【時代】商代晚期。

【著錄】山東成 537，新收 1508，近出二 763，故宮文物 2001 年 2 月 105
期 125 頁圖 13，通鑒 8260。

【現藏】山東省博物館。

【字數】3。

【器影】

【拓片】

【釋文】□西單。

467. 萬父己爵

【時代】商代晚期。

【著錄】新收 1509，近出二 764，故宮文物 2001 年 2 月 18 卷 11 期（總
215 期）114～133 頁，圖像集成 7859。

【現藏】山東省博物館。

【字數】3。

【器影】

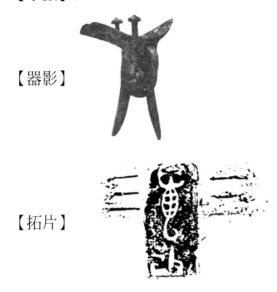

【拓片】

【釋文】萬父己。

468. 旂爵（旅爵）

【時代】商代晚期。

【著錄】新收 1505，近出二 718，故宮文物 2001 年 2 月 105 期 126 頁圖
14，圖像集成 6465。

【現藏】山東省博物館。

【字數】1。

【器影】

【拓片】

【釋文】卜。

469. 嬰爵

【時代】商代晚期。

【著錄】新收 1506，近出二 713，故宮文物 2001 年 2 月 105 期 1232 頁圖 11，圖像集成 6749。

【現藏】山東省博物館。

【字數】1。

【器影】

【拓片】

【釋文】嬰。

470. 𢦏𥃲爵

【時代】商代晚期。

【著錄】新收 1507，近出二 741，故宮文物 2001 年 02 月 105 期 128 頁圖
16，通鑒 8263。

【現藏】山東省博物館。

【字數】2。

【器影】

【拓片】

【釋文】𢦏𥃲。

471. 戈爵

【時代】商代晚期～西周早期。

【著錄】山東成 537，新收 1522，近出二 714，故宮文物 2001 年 2 月 18
卷 11 期（總 215 期）114-133 頁，圖像集成 6678。

【現藏】山東省博物館。

【字數】1。

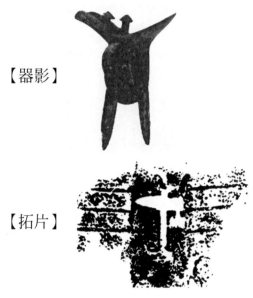

【器影】

【拓片】

【釋文】戈。

472. 亞醜爵（亞丑爵）

【時代】商。

【著錄】山東成 541（545 重出），集成 7786，總集 3392（3396 重出），
擴古 1.2.67，綴遺 19.01（24.29.1 作觶），陶齋 2.11，續殷下 2.7
（2.8、2.9 重出），三代 15.17.1，愙齋 22.4.1，圖像集成 7067。

【字數】2。

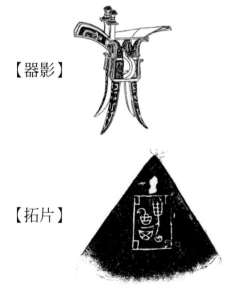

【器影】

【拓片】

【釋文】亞{醜}。

473. 亞醜爵

【時代】商。

【著錄】山東成 542，總集 3393，善齋 6.19。

【字數】2。

【器影】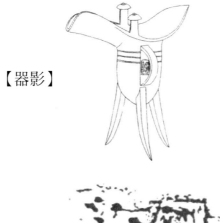

【拓片】

【釋文】亞{醜}。

474. 亞醜爵（亞丑爵）

【時代】商。

【著錄】山東成 544，集成 7784，總集 3395，三代 15.40.2，續殷下 2.11
〈錖內〉，國史金 546.2，圖像集成 7065。

【字數】2。

【器影】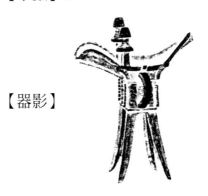

【拓片】　　　　　　　　（鋬銘）　　　　　　　　（尾銘）

【釋文】亞醜。

475. 亞醜爵（亞丑爵）

【時代】商。

【著錄】山東成 543，集成 7785，總集 3394，三代 15.40.1，國史金 625.3，
　　　　圖像集成 7066。

【字數】2。

【器影】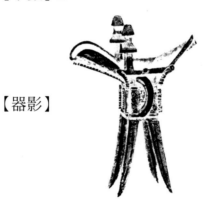

【拓片】　　　　　　（鋬銘）　　　　　　　　（尾銘）

【釋文】亞醜。

476. 己竝爵

【時代】商。

【著錄】山東成 546，集成 8030，總集 3517，三代 15.27.4，貞續下 6.1，
善齋 6.40，續殷下 19.6，小校 6.24.5，國史金 607，圖像集成 7402。

【字數】2。

【器影】
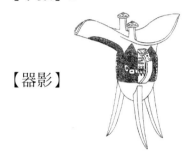

【拓片】

【釋文】己竝。

477. 亼羊爵

【時代】商。

【著錄】山東成 547，集成 8217，總集 3598，三代 15.35.1，攈古 1.1.36.1，
愙齋 22.5.1，綴遺 19.28.1，續殷下 7.8，小校 6.31.6，圖像集成 7507。

【字數】2。

【拓片】

【釋文】亼羊。

478. 爵

【時代】商或西周早期。

【著錄】山東成 548，集成 7599，總集 3229，三代 15.10.6，殷存下 1.9，
貞續下 2.2，善齋 6.6，小校 6.1.1，山東存下 17.3。

【字數】1。

【拓片】

【釋文】。

479. 爵

【時代】商。

【著錄】山東成 549，總集 3230，集成 7598，三代 15.10.5，圖像集成 6886。

【字數】1。

【拓片】

【釋文】。

480. 爵

【時代】商。

【著錄】山東成 549，總集 3231，集成 7594，三代 15.10.7，國史金 533，
圖像集成 6880。

【現藏】故宮博物院。

【字數】1。

【拓片】

【釋文】⿱。

481. 𠂤爵

【時代】商。

【著錄】山東成 551，集成 7688，海岱考古第 1 輯 323 頁圖 3．5，近出 798，圖像集成 6846。

【現藏】濟南市博物館。

【字數】1。

【器影】

【拓片】

【釋文】𠂤。

482. 己 ▮ 爵（己西爵／西己爵）

【時代】商。

【著錄】山東成 552，總集 3524，三代 15.27.5，集成 8036，續殷下 9.1，
　　　　鄴初上 27，綜·覽爵 155，國史金 605，圖像集成 7311。

【現藏】中國國家博物館。

【字數】2。

【器影】

【拓片】

【釋文】己 ▮。

483. 己重爵（重己爵）

【時代】商或西周早期。

【著錄】山東成 552，總集 3521，集成 8043，三代 15.27.3，愙齋 23.13.1，
　　　　續殷下 18.7，小校 6.24.6，國史金 852.2，圖像集成 7309。

【字數】2。

【拓片】

【釋文】己軌（重）。

484. 己网爵（网己爵）

【時代】商。

【著錄】山東成 552，集成 8041，總集 3516，三代 15.27.2，愙齋 23.16.1，
綴遺 20.15.1，殷存下 9.5，小校 6.24.4，續殷下 17.12，鬱華 313.2，
國史金 617，圖像集成 7691。

【字數】2。

【拓片】

【釋文】己网。

485. 叒每爵

【時代】商。

【著錄】山東成 553，集成 8134，總集 3985，三代 16.25.9，攈古 1.1.35.4，
愙齋 23.5.4，綴遺 19.17.1，敬吾下 62.4，殷存下 17.9，小校 6.35.3，
（6.35.4 重出），鬱華 319.1，圖像集成 7403。

【現藏】北京故宮博物院。

【字數】2。

【拓片】

【釋文】龏。

486. 史爵

【時代】商。

【著錄】山東成 554，集成 7447，近出 783，海岱考古第 1 輯 323 頁圖 3·
1，圖像集成 6703。

【現藏】濟南市博物館。

【字數】1。

【器影】

【拓片】

【釋文】史。

487. 霥爵

【時代】商。

【著錄】山東成 554，集成 7670，海岱考古第 1 輯 323 頁圖 3・6，近出 777，新收 1530，圖像集成 6563。

【現藏】濟南市博物館。

【字數】1。

【器影】

【拓片】

【釋文】霥。

488. 史父丁爵

【時代】商。

【著錄】山東成 554，集成 8453，海岱考古第 1 輯 323 頁圖 3・2，圖像集成 7793。

【現藏】濟南市博物館。

【字數】3。

【器影】

【拓片】

【釋文】史父丁。

489. 〔￼〕爵

【時代】商代晚期。

【著錄】山東成 555.1，新收 1529，近出 800，新出 867，海岱考古第 1 輯
323 頁圖 3·3，圖像集成 6866。

【現藏】濟南市博物館。

【字數】1。

【器影】

【拓片】

【釋文】𠂤。

490. ↑爵

【時代】商代晚期。

【著錄】山東成 555.2，新收 1530，近出 791，新出 870，海岱考古第 1 輯
323 頁圖 3．7，圖像集成 6793。

【現藏】濟南市博物館。

【字數】1。

【器影】

【拓片】

【釋文】↑。

491. 齊娟□爵

【時代】商。

【著錄】山東成 559，集成 8753，總集 3987，美集 R81，圖像集成 8001。

【字數】3。

【器影】

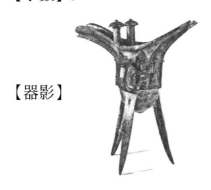

【拓片】

【釋文】𠂤（齊）𣂪（娟）□。

492. 齊娟□爵

【時代】商。

【著錄】山東成 559，集成 8754，總集 3986，彙編 9.1621，美集 R82，圖像集成 8002。

【現藏】美國哈佛大學福格美術博物館。

【字數】3。

【器影】

【拓片】

【釋文】𣂤（齊）敨（媵）□。

493. 矢父癸爵

【時代】商或西周早期。

【著錄】山東成 561，總集 3949，集成 8701，三代 16.22.5，綴遺 20.21.2，
殷存下 15.10（殷存下 16.1 重出），圖像集成 7969。

【字數】3。

【拓片】

【釋文】矢父癸。

494. 𩰬爵

【時代】殷或西周早期。

【著錄】山東成 562，集成 7333，圖像集成 6553。

【字數】1。

【拓片】

【釋文】𩰬。

495. 爵

【時代】殷或西周早期。

【著錄】山東成 562，集成 7332，圖像集成 6552。

【現藏】中國國家博物館。

【字數】1。

【拓片】

【釋文】。

496. 夑爵

【時代】商。

【著錄】山東成 563，集成 7418，總集 3149，三代 15.2.8，國史金 549.2，圖像集成 6554。

【現藏】北京故宮博物院。

【字數】1。

【拓片】

【釋文】夑。

497. 巺爵

【時代】商。

【著錄】山東成 564，集成 7419，總集 3150，三代 15.2.9，貞補中 23.4，
續殷下 3.4，國史金 512.2（國史金 549.1 重出），圖像集成 6555。

【現藏】北京故宮博物院。

【字數】1。

【拓片】

【釋文】巺（巺）。

498. 巺婦爵

【時代】商。

【著錄】山東成 564，集成 8135，總集 3635，三代 15.38.10，綴遺 22.4.1，
貞松 9.38，國史金 606.2（705.2 重出），圖像集成 7404。

【字數】2。

【拓片】

【釋文】巺敔（婦）。

499. 冀己爵

【時代】商。

【著錄】山東成 565，集成 8042，博古 14.23，嘯堂 45.6，薛氏 38.6，圖像
集成 7656。

【字數】2。

【器影】

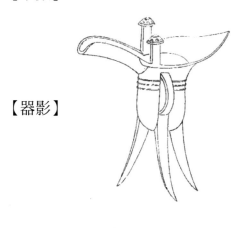

【拓片】

【釋文】冀己。

500. 齊祖辛爵（齊且辛爵）

【時代】西周早期。

【著錄】山東成 565，集成 8345，總集 3748，三代 16.3.1，貞松 10.1.2，
善齋 6.53，續殷下 23.2，小校 6.37.2，北圖拓 214，國史金 762，
圖像集成 8084。

【現藏】北京故宮博物院。

【字數】3。

【器影】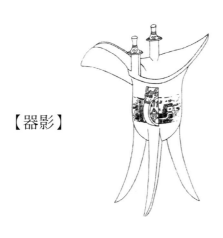

【拓片】

【釋文】旂（齊）且（祖）辛。

501. 𤿺父丁爵

【時代】商或西周早期。

【著錄】山東成 566，集成 8489，攈古 1.2.18.4，綴遺 20.29.1，續殷下
　　　　25.6，山東存下 17.6，圖像集成 8152。

【字數】3。

【拓片】

【釋文】𤿺父丁。

502. 父癸爵

【時代】商或西周早期。

【著錄】山東成 566，集成 8728，小校 6.55.3，續殷下 31.7，山東存下 17.8，
圖像集成 8255。

【現藏】北京故宮博物院。

【字數】3。

【拓片】

【釋文】父癸。

503. 御正良爵（大保爵）

【時代】西周早期。

【著錄】山東成 569，集成 9103，總集 4203，三代 16.41.2，貞松 10.22.2，
善齋 7.55，小校 6.77.4，善彝 155，尊古 3.6，安徽金石 1.37，雙
古上 32，通考 441，山東存下 8.1，綜覽・爵 207，銘文選 39，國
史金 836，圖像集成 8584。

【現藏】中國國家博物館。

【字數】20。

【器影】

【拓片】

【釋文】隹（唯）三（四）月既朢丁亥，公大保（保）賞卸（御）正良貝，
　　　　用乍（作）父辛隩（尊）彝。卜。

504. 魯侯爵

【時代】西周早期。

【著錄】凝盫 2.25，從古 12.4，積古 7.12.3，敬吾下 56.4，攈古 2.1.49.4
　　　　（誤爲角），大系 225.1，奇觚 18.8.1，三代 16.46.6（誤爲角），
　　　　山東存魯 1.2，小校 6.82.5（誤爲角），集成 9096，周金 5.118.2，
　　　　綴遺 26.28.2，銘文選 54，故青 125，韡華辛 1，通考 442，總集
　　　　4202，山東成 340（摹本，誤爲簋），山東成 570，圖像集成 580。

【現藏】北京故宮博物院。

【字數】10。

【器影】

【拓片】

【釋文】魯厌（侯）乍（作）爵，邑🔲，用隣（尊）彙（茜）盟（盟）。

505. 亞矣父乙爵（矣亞父乙爵／亞疑父乙爵）

【出土】河南洛陽馬坡。

【時代】西周早期。

【著錄】集成 9000，山東成 573，總集 4130，三代 16.33.3，攀古下 31，
恒軒 71，愙齋 22.22.2，綴遺 22.22.2，殷存下 20.2，小校 6.66.8，
圖像集成 8499。

【現藏】上海博物館。

【字數】5。

【器影】

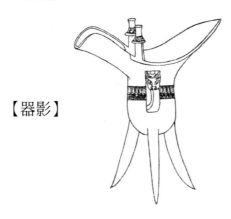

【拓片】

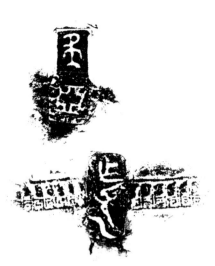

【釋文】吳亞乍（作）父乙。

506. 盧作父辛爵（盧爵）

【出土】1972 年陝西扶風縣劉家村西周墓葬。

【時代】西周早期。

【著錄】集成 8952，總集 4128，陝青 3．42，綜覽．爵 190，周原銅 6.1186，
　　　　陝金 1.495，山東成 574，圖像集成 8438。

【現藏】陝西歷史博物館。

【字數】4。

【器影】

【拓片】

【釋文】虘作父辛。

507. 己爵

【時代】商。

【出土】1994 年煙台市毓璜頂東坡。

【著錄】山東成 575.1，圖像集成 6956。

【現藏】煙台市博物館。

【字數】1。

【拓片】

【釋文】己。

508. 索諆爵（索爵）

【時代】西周早期。

【著錄】山東成 579（稱爲角），集成 9091，總集 4238，三代 16.46.5（稱
爲角），愙齋 21.17.3，綴遺 26.26.1，周金 5.119.2，殷存下 23.2，
小校 6.82.4（稱爲角），上海 42，韡華辛下 1，圖像集成 8571。

【現藏】上海博物館。

【字數】9。

【器影】

【拓片】

【釋文】索趌（諆）乍（作）有羔日辛删（薑）彝。

十、角

509. 叡冀角

【出土】傳 1981 年山東費縣出土，1981 年北京市文物工作隊從廢銅中揀選。

【時代】商代晚期。

【著錄】文物 1982 年 41 頁圖 26，集成 8169（誤爲爵），新收 1177，山東成 550.3（誤爲爵），山東成 577.1，圖像集成 8726。

【現藏】北京市文物研究所。

【字數】2。

【器影】

【拓片】

【釋文】叔龔。

510. 叔龔角

【出土】傳 1981 年山東費縣出土，1981 年北京市文物工作隊從廢銅中揀選。

【時代】商代晚期。

【著錄】文物 1982 年 9 期 41 頁圖 27，新收 1178，山東成 577.2，圖像集成 8727

【現藏】北京市文物研究所。

【字數】2。

【拓片】

【釋文】叔龔。

511. 作封從彝角

【出土】1931 年山東益都縣蘇埠屯西周墓葬。

【時代】西周早期。

【著錄】田野（2）177 頁圖版 2.7，山東成 576，圖像集成 8774，海岱 30.1。

【字數】4。

【器影】

【拓片】

【備註】銘文係陽文，拓本字不全。

【釋文】乍（作）封（封）從彝。

512. 作封從彝角

【出土】1931 年山東益都縣蘇埠屯西周墓葬。

【時代】西周早期。

【著錄】田野（2）177 頁圖版 2.8，圖像集成 8775。

【字數】4。

【器影】

【拓片】

【備註】銘文係陽文，拓本字不全。

【釋文】乍（作）封（封）從彝。

513. 史角

【出土】1994 年山東省滕州市官橋鎮前掌大村商周墓地（M11：110）。

【時代】商代晚期。

【著錄】滕州 263 頁圖 187.1，近出二 793，圖像集成 8702。

【現藏】中國社會科學院考古研究所。

【字數】1。

【器影】

【拓片】

【釋文】史。

514. 史角

【出土】1994 年山東省滕州市官橋鎮前掌大村商周墓地（M11：114）。

【時代】商代晚期。

【著錄】滕州 265 頁圖 188.1，近出二 794，圖像集成 8703。

【現藏】中國社會科學院考古研究所。

【字數】1。

【器影】

【拓片】

【釋文】史。

515. 史父乙角

【出土】1998 年山東省滕州市官橋鎮前掌大村商周墓地（M18：32）。

【時代】商代晚期。

【著錄】滕州 262 頁圖 186，近出二 796，圖像集成 8739。

【現藏】中國社會科學院考古研究所。

【字數】3。

【器影】

【拓片】

【釋文】史父乙。

516. 冀父丁角

【出土】1998 年山東省滕州市官橋鎮前掌大村商周墓地（M119：39）。

【時代】商代晚期。

【著錄】滕州 266 頁圖 189.2，近出二 797，圖像集成 8743，海岱 163.59。

【現藏】中國社會科學院考古研究所。

【字數】3。

【器影】

【拓片】

【釋文】冀父丁。

517. 史子角

【出土】1998 年山東省滕州市官橋鎮前掌大村商周墓地（M120：16）。

【時代】商代晚期。

【著錄】滕州 263 頁圖 187.2，近出二 800，圖像集成 8767，海岱 163.66。

【字數】4。

【器影】

【拓片】

【釋文】子曰癸。史。

518. 史子角

【出土】1998 年山東省滕州市官橋鎮前掌大村商周墓地（M120：14）

【時代】商代晚期。

【著錄】滕州 263 頁圖 187.2，近出二 801，圖像集成 8768，海岱 163.65。

【現藏】中國社會科學院考古研究所。

【字數】4。

【器影】

【拓片】

【釋文】子曰癸。史。

傳世角

519. 𣦵角

【時代】商。

【著錄】山東成 578，集成 7420，總集 3151，三代 15.2.10（誤爲爵），綴遺 26.17.2，愙齋 23.5.3（誤爲爵），續殷下 3.3（誤爲爵；48.6 重出，誤爲觶），小校 6.13.3（又 6.78.7 重出，誤爲爵），國史金 548.2（誤爲爵），圖像集成 8707。

【現藏】中國國家博物館。。

【字數】1

【拓片】

【釋文】𣦵。

520. 亞醜父丙角（亞丑父丙角／亞丑父丙爵）

【時代】商。

【著錄】山東成 540（稱爲爵），集成 8882，總集 4125，三代 18.20.3-4，西清 26.47，愙齋 23.9.4（稱爲爵），貞補中 29.1-2（誤爲觥），續殷下 69.1-2（誤爲觥，24.6 重出器，稱爲爵），尊古 3.1，善齋 7.60，小校 6.80.5-6（6.45.2 重出器），殷存下 22.6（器），通考 431，故圖下下 376，綜覽·爵 269，國史金 882.1（蓋：國史金 737.2 重出，稱爲爵，國史金 1169.1 重出，誤爲觥），圖像集成 8758。

【現藏】臺北故宮博物院。

【字數】4（蓋器同銘）。

【器影】

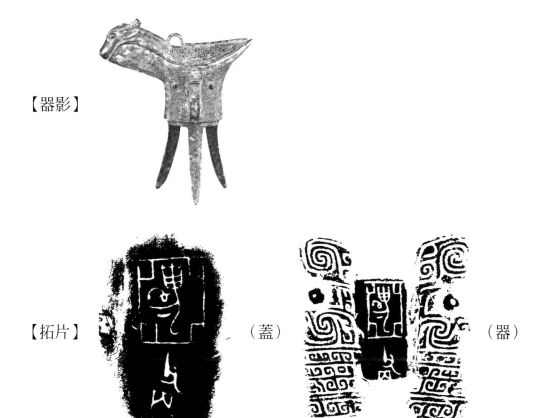

【拓片】　　　　　　　　　　（蓋）　　　　　　　　　　（器）

【釋文】亞{醜}父丙。

521. 征作父辛角

【時代】商。

【著錄】山東成 580，集成 9099，總集 4240，三代 16.46.7，筠清 5.6.1，
攗古 2.1.80.2，愙齋 21.18.1，綴遺 26.25，敬吾下 63.1，周金
5.118.1，續殷下 38.7，小校 6.83.1，韡華辛下 1，讀金 170，銘
文選 49，鬱華 364.2，夏商周 248，圖像集成 8791。

【現藏】上海博物館。

【字數】13。

【器影】

【拓片】

【釋文】丁未，規商（賞）征貝，用乍（作）父辛彝。亞疑。

十一、斝

522. 父辛斝

【出土】政和丙申（1116）歲，北海縣民道經山東臨朐，見岸圯，得之。

【時代】商。

【著錄】薛氏 42.3，集成 9170，山東成 581.2，圖像集成 10984。

【字數】2。

【摹本】

【釋文】父辛。

523. 父辛斝

【出土】政和丙申（1116）歲，北海縣民道經山東臨朐，見岸圯，得之。

【時代】商代晚期。

【著錄】薛氏 42.4，集成 9216，山東成 584.1，圖像集成 11012。

【字數】3。

【摹本】

【釋文】𠦪父辛。

524. 𠦪父辛斝

【出土】政和丙申（1116）歲，北海縣民道經山東臨朐，見岸圮，得之。

【時代】商代晚期。

【著錄】薛氏 42.5，集成 9217，山東成 584.2，圖像集成 11013。

【字數】3。

【摹本】

【釋文】𠦪父辛。

525. 𡭭乙斝

【出土】傳山東。

【時代】商代晚期。

【著錄】三代 13.49.1-2，貞松 8.33.3，希古 5.18.3-4，山東存下 16.3-4，小校 2.9.1-2，集成 9184，總集 4288，國史金 853（蓋），國史金 1911.2（器，誤爲鼎），通鑒 10959。

【字數】2（蓋器同銘）。

【拓片】 （蓋）　　　（器）

【釋文】辛乙。

526. 𢧵龔斝

【出土】傳 1981 年山東費縣出土，1981 年北京市文物工作隊從廢銅中揀
選。

【時代】商代晚期。

【著錄】文物 1982 年 9 期 40 頁圖 24，集成 9176，山東成 581.3，通鑒 10951

【現藏】北京市文物研究所。

【字數】2。

【器影】

【拓片】

【釋文】𢧵龔。

527. 田父甲斝

【出土】民國七年（1918 年）山東長清縣崮山驛。

【時代】商代晚期。

【著錄】三代 13.50.7-8，貞松 8.34.3，董盦 4，彙編 1700，綜覽.斝 106，
　　　　集成 9205，總集 4310，國史金 858.2（器），山東成 587，通鑒
　　　　10980。

【字數】3（蓋器同銘）。

【器影】

【拓片】
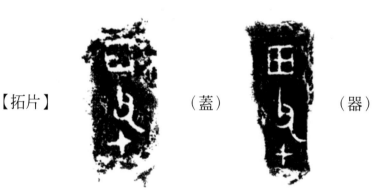
　　　　　　　（蓋）　　　　　　　　　（器）

【釋文】田父甲。

528. 史斝

【出土】1994 年山東省滕州市官橋鎮前掌大村商周墓地（M11：95）

【時代】西周早期。

【著錄】滕州 225 頁圖 158.4，近出二 806，通鑒 11048。

【字數】1。

【器影】

【拓片】

【釋文】史。

529. 未斝

【出土】1995 年山東省滕州市官橋鎮前掌大村商周墓地（M38：52）。

【時代】西周早期。

【著錄】滕州 225 頁圖 158.2，近出二 807，通鑒 11049。

【現藏】中國社會科學院考古研究所。

【字數】1。

【器影】

【拓片】

【釋文】未。

傳世斝

530. 亞醜斝（亞丑斝）

【時代】商。

【著錄】集成 9159，山東成 581，寧壽 10.6，故青 84，圖像集成 10948。

【現藏】北京故宮博物院。

【字數】2。

【器影】

【拓片】

【釋文】亞{醜}。

531. 冀父癸斝

【時代】商。

【著錄】山東成 582，集成 9219，總集 4319，綴遺 24.26.2，奇觚 7.32.2，
殷存下 31.2，三代 13.51.8，鬱華 308.1，圖像集成 11016。

【字數】3。

【拓片】

【釋文】冀父癸。

532. 冀斝

【時代】商。

【著錄】山東成 582，集成 9175，總集 4320，三代 13.52.2，貞松 8.36.2，
續殷下 64.2，故宮 12 期，故圖下上 180，國史金 841.2，故宮文
物 1997 年總 176 期 16 頁圖 17，圖像集成 10910。

【現藏】臺北故宮博物院。

【字數】1。

【器影】

【拓片】

【釋文】冀。

533. 婦闖斝

【時代】商。

【著錄】山東成 583，集成 9246，總集 4342，三代 13.53.5，周金 5.30.1，
貞續中 24.2，小校 4.78.3，國史金 874，圖像集成 11064。

【字數】10。

【拓片】

【釋文】敇（婦）闖乍（作）文敇（姑）日癸隣（尊）彝。箕。

534. 小臣邑斝

【時代】商。

【出土】傳河南安陽出土。

【著錄】山東成 586，集成 9249，總集 4343，三代 13.53.6，陶齋 3.32，續
殷下 66.5，小校 6.87.3，山東存紀 7.2，冠斝上 39，通考 463，彙
編 5.253，銘文選 11，綜覽·斝 85，青全 3.53，圖像集成 11065。

【現藏】美國聖路易市美術博物館。

【字數】26。

【器影】

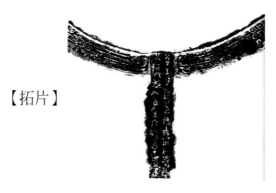

【拓片】

【釋文】癸子（巳），王易（賜）歨（小臣）邑貝祏（十朋），用乍（作）
母癸隣（尊）彝，隹（唯）王六祀，彡（肜）日，才（在）亖（四）
月。亞吳。

535. 夭作母癸斝

【時代】西周早期。

【著錄】山東成 589，集成 9245，總集 4340，錄遺 288，鄴三上 36，綜覽·
斝 95，夏商周 252，圖像集成 11060。

【現藏】上海博物館。

【字數】7。

【器影】

【拓片】

【釋文】亞{異}吳夭乍（作）母癸。

十二、盉

536. 冀虡盉

【出土】傳 1981 年山東費縣出土，1981 年北京市文物工作隊從廢銅中揀
　　　　選。

【時代】商代晚期。

【著錄】文物 1982 年 9 期 42 頁圖 36，集成 9327，山東成 593，圖像集成
　　　　14614

【現藏】北京市文物研究所。

【字數】2。

【器影】

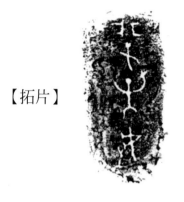

【拓片】

【釋文】糞叡。

537. 鄧公盉（鄧共盉）

【出土】1992 年 3 月山東昌邑市塔爾堡鎮上河頭村。

【時代】商代晚期。

【著錄】于省吾先生百年誕辰紀念文集 75 頁，山東成 594，近出二 829，
圖像集成 14684。

【現藏】昌邑市文物管理所。

【字數】4。

【器影】

【拓片】

【釋文】登（鄧）共隋（尊）彝。

538. 史盉

【出土】1994 年山東省滕州市官橋鎮前掌大村商周墓地（M11:101）

【時代】商代晚期。

【著錄】滕州 304 頁圖 219.1，圖像集成 14586。

【現藏】中國社會科學院考古研究所。

【字數】1（蓋器同銘）。

【器影】

【拓片】（蓋）　　（器）

【釋文】史。

539. 𦎫盉（首乇盉）

【出土】1994 年山東省滕州市官橋鎮前掌大村商周墓地（M18：46）。

【時代】商代晚期。

【著錄】滕州 303 頁圖 218，近出二 833，圖像集成 14766。

【現藏】中國社會科學院考古研究所。

【字數】16。

【器影】

【拓片】

【釋文】萃禽（擒）人方滈白（伯）𩂣首毛，用乍（作）父乙隣（尊）彝。
史。

540. 姝盉

【出土】1994 年山東省滕州市官橋鎮前掌大村商周墓地（M120：12）。

【時代】商代晚期。

【著錄】滕州 304 頁圖 219.2，近出二 817，圖像集成 14591。

【現藏】中國社會科學院考古研究所。

【字數】1。

【器影】

【拓片】

【釋文】娎。

541. 伯憲盉（伯寁盉／白寁盉）

【出土】傳山東梁山出土。

【時代】西周早期。

【著錄】三代 14.9.7-8，從古 11.31，攈古 2 之 1.55.1，綴遺 14.20.1-2，周
金 5.63.3-64，殷存下 33.5-6，善齋 9.31，小校 9.52.1，頌續 56，
山東存下 7.3-4，彙編 480.1-2，集成 09430，總集 4432，斷代 652
頁 71，銘文選 77，山東成 597，圖像集成 14752。

【字數】10（蓋器同銘）。

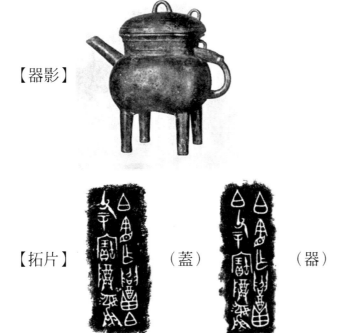

【器影】

【拓片】　　（蓋）　　　　（器）

【釋文】白（伯）寁乍（作）盄（召）白（伯）父辛寶隣（尊）彞。

542. 夆盉

【出土】1985 年 5 月山東濟陽縣姜集鄉劉台子西周墓葬（M6：13）。

【時代】西周早期。

【著錄】文物 1996 年 12 期 11 頁圖 16.5，近出 932，新收 1159，山東成
601，圖像集成 14600。

【現藏】山東文物考古研究所。

【字數】1。

【器影】

【拓片】

【釋文】夆。

543. 作執從彝盉

【出土】1931 年山東益都縣蘇埠屯西周墓葬。

【時代】西周早期。

【著錄】田野（2）175 頁圖版 2.2、2.3，集成 9384，圖像集成 14688，山
東成 596、597。

【現藏】山東省博物館。

【字數】4（蓋器同銘）。

【器影】

【拓片】

【釋文】乍（作）𫔭（封）從彝。

傳世盉

544. 亞醜盉

【時代】商。

【著錄】山東成 590，集成 9323，總集 4354，敬吾下 27.3，殷存下 32.3，
小校 9.44.5，三代 14.1.8，綴遺 14.19.1，圖像集成 14620。

【字數】1。

【拓片】

【釋文】亞{醜}。

545. 亞醜盉

【時代】商。

【著錄】山東成 591，集成 9324，總集 4353，小校 9.44.7-8，貞松 8.38.1-2，
善齋 9.22.1-2，續殷下 70.4-5，國史金 1184，圖像集成 14619。

【字數】2（蓋器同銘）。

【器影】

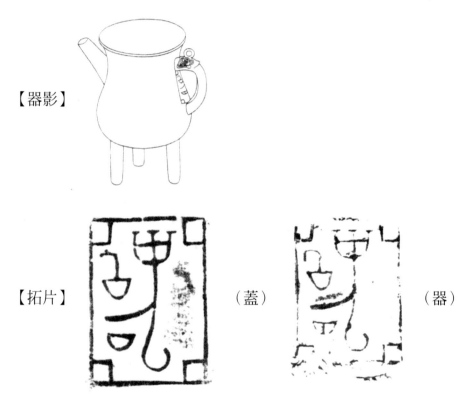

【拓片】　　　　　　　（蓋）　　　　　　　（器）

【釋文】亞{醜}。

546. 亞醜母盉（亞丑母盉）

【時代】商。

【著錄】山東成 592，集成 9366，總集 4364，三代 14.2.2-3，綴遺 14.20.1-2，
殷存下 32.4-5，小校 9.44.4（器），小校 9.44.5（蓋，誤爲器；5.7.2
重出蓋，誤爲尊），愙齋 22.8.2，圖像集成 14646。

【現藏】上海博物館。

【字數】3（蓋 3，器 1）

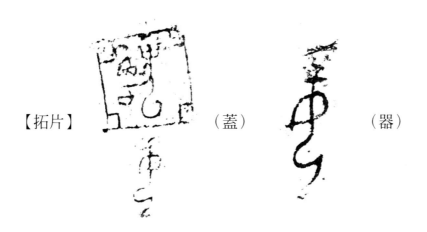

【拓片】 （蓋） （器）

【釋文】亞{醜}母。

547. 亞嵒侯父乙盉（亞盉）

【時代】西周早期。

【著錄】山東成 595，集成 9439，總集 4438，三代 14.10.7-8，恪齋
16.19.3-16.20.1（器，誤爲匜），綴遺 14.26.3-4，周金 5.69.3-2（誤
爲觥），殷存下 33.7-8，小校 9.52.4-5（又 5.33.1 重出，誤爲尊），
銘文選 50，夏商周 281，鬱華 256.2-3，國史金 192（蓋，誤爲尊），
圖像集成 14763。

【現藏】上海博物館。

【字數】15（蓋器同銘）。

【器影】

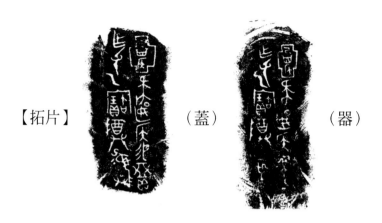

【拓片】　　　（蓋）　　　（器）

【釋文】亞{眔厌（侯）}矣，匽（燕）厌（侯）易（賜）亞貝，乍（作）
　　　　父乙寶隣（尊）彝。

548. 作封從彝盉（作𢦏從彝盉）

【時代】西周早期。

【著錄】山東成 596，集成 9384，山東萃 106，山東藏 44，圖像集成 14688。

【現藏】山東省博物館。

【字數】4（蓋器同銘）。

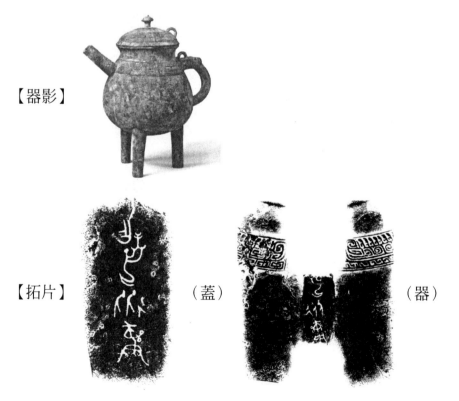

【器影】

【拓片】　　　（蓋）　　　（器）

【釋文】乍（作）𢦏（封）從彝。

549. 此作寶彝盉（此盉）

【時代】西周早期。

【著錄】山東成 599，集成 9385，總集 4399，三代 14.7.1-2，貞補中 15.1，
善齋 9.28，續殷下 72.10，小校 9.48.3-4，山東存下 16，國史金
1205（器），圖像集成 14695。

【現藏】北京故宮博物院。

【字數】4（蓋器同銘）。

【器影】

【拓片】　　　　　　　　　（蓋）　　　　　　　　　　　　（器）

【釋文】此乍（作）寶彝。

550. 季良父盉

【時代】西周晚期。

【著錄】山東成 602，集成 9443，總集 4442，三代 14.11.1，西清 31.35，
恒軒下 93，窹齋 14.23.1，綴遺 14.29.1，周金 5.26.1，小校 9.53.2，
彙編 5.330，綜覽·盉 72，通考 20，圖像集成 14774。

【現藏】美國三藩市亞洲藝術博物館。

【字數】18（重文 2）

【器影】

【拓片】

【釋文】季良父乍（作）嬪妘（始）寶崎（盉），其萬年子孫永寶用。

551. 魯侯盉蓋（魯侯作姜享彝尊）

【時代】西周中期。

【著錄】總集 4754（稱鴞形尊），集成 9408，三代 6.37.3（稱彝），綴遺 18.28.1，周金 3.115.2（稱彝），貞補上 22.1，小校 9.50.2，銘文選 339，山東存魯 1.3，國史金 1208.1（國史金 1604.1 重出，誤爲簋），山東成 497（誤爲尊），山東成 600，圖像集成 14724。

【現藏】旅順博物館。

【字數】6。

【拓片】

【釋文】魯厌（侯）乍（作）姜盲（享）彝。

十三、尊

552. 尊

【出土】1963 年山東蒼山縣東高堯村。

【時代】商代晚期。

【著錄】文物 1965 年 7 期 27 頁圖 1.4，綜覽.觚形尊 30，集成 5508，山東
成 484.1，通鑒 11168。

【現藏】臨沂市博物館。

【字數】1。

【器影】

【拓片】

【釋文】。

553. 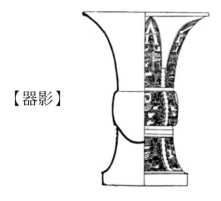尊（剡尊）

【出土】1975 年冬山東泗水縣張莊公社窨堌堆村。

【時代】商代晚期。

【著錄】考古 1986 年 12 期 1139 頁圖 2.1，近出 607，新收 1036，山東成
486.1，通鑒 11720。

【現藏】泗水縣文化館。

【字數】1。

【器影】

【拓片】

【釋文】 （剡）。

554. 並己尊

【出土】1983 年山東省壽光縣古城公社「益都侯城」遺址。

【時代】商代晚期。

【著錄】新收 1124。

【現藏】山東省壽光縣博物館。

【字數】2。

【器影】

【拓片】未公佈。

【釋文】竝（並）己。

555. 融尊

【出土】1986 年春山東青州市蘇埠屯商代墓（M8：8）。

【時代】商代晚期。

【著錄】海岱考古第 1 輯 264 頁圖 10，近出 608，新收 1054，山東成 484.2，
　　　　通鑒 11743。

【現藏】青州市博物館。

【字數】1。

【器影】

【拓片】

【釋文】融。

556. 叙冀尊

【出土】傳 1981 年山東費縣出土，1981 年北京市文物工作隊從廢銅中揀
　　　選。

【時代】商代晚期。

【著錄】文物 1982 年 9 期 41 頁圖 32，集成 5556，山東成 486.2，通鑒
　　　11216。

【現藏】北京市文物工作隊。

【字數】2。

【器影】

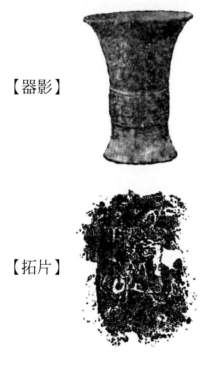

【拓片】

【釋文】叙冀。

557. 爻尊

【出土】山東滕縣井亭。

【時代】商代晚期。

【著錄】山東選 74，綜覽.瓠形尊 25，集成 5506，山東成 484.3，通鑒
　　　11166。

【字數】1。

【器影】

【拓片】

【釋文】爻。

558. 小臣艅犀尊（小臣俞尊／小臣艅犧尊／艅尊）

【出土】山東壽張縣梁山下。

【時代】商代晚期。

【著錄】三代 11.34.1，攗古 2 之 3.46，愙齋 13.10.1，綴遺 18.2，奇觚 5.12，周金 5.5.1，殷存上 26.7，小校 5.37.1，山東存下 3.3，彙編 240，綜覽.鳥獸形尊 6，集成 5990，美全 4.86，青全 4.134，總集 4866，銘文選 4，鬱華 392.3，考古與文物 1980 年 4 期 27 頁圖 2.1，山東成 485，通鑒 11650。

【現藏】美國三藩市亞洲美術博物館布倫戴奇藏品。

【字數】27（合文 1）。

【器影】

【拓片】

【釋文】丁子（巳），王眚（省）夒且。王易（賜）隹（小臣）朕（俞）夒貝。隹（唯）王來正（征）人方。隹（唯）王十祀又五，彡（肜）日。

559. 史父乙尊

【出土】1998 年山東省滕州市官橋鎮前掌大村商周墓地（M120.21）。

【時代】商代晚期。

【著錄】滕州 272 頁圖 194.1，近出二 561，通鑒 11778。

【字數】3。

【器影】

【拓片】

【釋文】史父乙。

560. 史父乙尊

【出土】1998 年山東省滕州市官橋鎮前掌大村商周墓地（M121：3）

【時代】西周早期。

【著錄】滕州 273 頁圖 195，近出二 562，通鑒 11779。

【字數】3。

【器影】

【拓片】

【釋文】史父乙。

561. 婦兄癸尊（癸兄婦□尊）

【出土】1994 年山東省滕州市官橋鎮前掌大村商周墓地（M13.13）。

【時代】西周早期。

【著錄】滕州 272 頁圖 194.2，近出二 574，通鑒 11780。

【字數】4。

【器影】

【拓片】

【釋文】婦兄癸。

562. 啓尊（啓作祖丁尊）

【出土】1969 年山東黃縣（今龍口市）歸城小劉家（今已併入曹家）。

【時代】西周早期。

【著錄】文物 1972 年 5 期 6 頁圖 11，綜覽.觶形尊 42，集成 5983，總集 4859，銘文選 284，古研 19 輯 77 頁圖 1.4，山東成 489，通鑒 11643。

【現藏】山東省博物館。

【字數】21。

【器影】

【拓片】

【釋文】啓（啓）從王南征，山谷，在洀水上，啓（啓）乍（作）且（祖）丁旅寶彝。■（戍）衞（箙）。

563. 作寶□彝尊

【出土】1990 年夏山東榮成市埠柳鎮學福村西周墓（M1：1）。

【時代】西周早期。

【著錄】考古 2004 年 9 期 94 頁圖 4.1、2，新收 1501，山東成 496.2，通
鑒 11741。

【現藏】威海市博物館。

【字數】存 3。

【器影】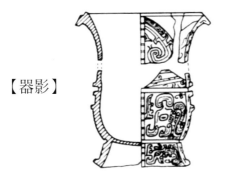

【拓片】

【釋文】作寶□彝。

564. 作尊彝尊

【出土】傳出山東。

【時代】西周早期。

【著錄】集成 5712，山東成 492.3，通鑒 11372。

【字數】3。

【器影】

【拓片】

【釋文】乍（作）隣（尊）彝。

565. 傳作父戊尊

【出土】傳出山東青州（攗古錄）。

【時代】西周早期。

【著錄】三代 11.29.6，從古 13.21，攗古 2 之 1.36，愙齋 19.6.2，綴遺 18.3.1，奇觚 5.9.1，殷存上 26.5，簠齋一尊 4，小校 5.28.3，山東存下 14.2，集成 5925，總集 4816，鬱華 187.2，流散歐 163，山東成 491，通鑒 11585。

【字數】9。

【器影】

【拓片】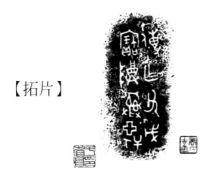

【釋文】傳乍（作）父戊寶隣（尊）彝。亞ᚦ뇨。

566. 亞此犧尊

【出土】傳山東出土，1986 年 6 月出現在英國倫敦戴迪野拍賣行。

【時代】西周早期。

【著錄】三代 11.3.10-11，從古 13.18，攈古 1 之 1.38，愙齋 13.21.1-2，綴
遺 17.22，奇觚 5.1.1-2，敬吾上 42.3，周金 5.24.1-2，簠齋一尊 2，
小校 5.3.3，山東存下 15.6-7，美集 R131，集成 5569，總集 4508，
綜覽.鳥獸形尊 17，鬱華 393.1-2，三代補 131（蓋，摹本），山
東成 490，通鑒 11229

【字數】2（蓋器同銘）。

【器影】

【拓片】

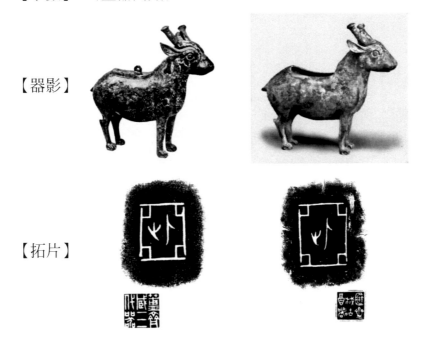

【釋文】亞此。

567. 史鬲尊

【出土】1989 年山東滕州市莊里西西周墓（M7：5）。

【時代】西周早期。

【著錄】國博刊 2012 年 1 期 103 頁圖 33.4，圖像集成 11662

【現藏】滕州市博物館。

【字數】8。

【器影】

【拓片】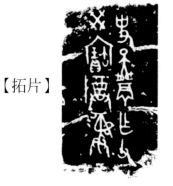

【釋文】史鬲乍（作）父癸寶隩（尊）彝。

568. 作父辛寶彝尊

【出土】1965 年山東黃縣（今龍口市）歸城姜家西周墓（M1：5）

【時代】西周中期。

【著錄】故宮文物 1997 年總 175 期 85 頁圖 13，古研 19 輯 78 頁圖 2.4，
近出 629，考古 1991 年 10 期 917 頁圖 12.1，新收 1102，山東成
496.1，通鑒 11686

【現藏】煙台市博物館。

【字數】5。

【器影】

【拓片】

【釋文】乍（作）父辛寶彝。

傳世尊

569. ⻌尊

【時代】商。

【著錄】集成 5491，總集 4462，三代 11.1.9，殷存上 20.3，山東存下 17.2，
國史金 89.1，山東成 486，圖像集成 11150。

【現藏】蘇州市博物館。

【字數】1。

【器影】

【拓片】

【釋文】𩰲。

570. 戲作父戊尊（戲尊）

【時代】西周早期。

【著錄】集成 5899，總集 4795，山東成 487，北圖 140，三代 11.27.4，貞
松 7.13.3，善齋 4.83，小校 5.25.4，國史金 181，圖像集成 11674。

【現藏】上海博物館。

【字數】8。

【器影】

【拓片】

【釋文】𥨊（戲）乍（作）父戊寶𣪯（尊）彝。𪓂。

571. 俞伯尊（舲伯尊）

【時代】西周早期。

【著錄】總集 4738，集成 5849，三代 11.22.3，尊古 1.34，山東存下 4.7，
綜覽‧觚形尊 106，山東成 492，圖像集成 11597。

【字數】6。

【器影】

【拓片】

【釋文】舲（俞）白（伯）乍（作）寶隣（尊）彝。

572. 父丁亞𣥹尊（亞𣥹侯尊）

【時代】西周早期。

【著錄】三代 11.27.3，集成 5924，續殷上 59.9，山東成 492，圖像集成
11718。

【字數】9。

【拓片】

【釋文】乍（作）父丁寶肇（旅）彝，亞{𣥹厌（侯）}。

573. 父丁亞曓尊（亞曓侯尊）

【時代】西周早期。

【著錄】三代 11.27.2，集成 5923，善齋 4.87，小校 5.28.1，貞松中 8.3，
山東存紀 6.2，國史金 178，圖像集成 11717。

【字數】9。

【器影】

【拓片】

【釋文】乍（作）父丁寶𢉗（旅）彝。亞{曓厌（侯）}。

574. 作寶尊彝尊

【時代】西周早期。

【著錄】集成 5788，總集 5271，山東成 493，圖像集成 11531。

【字數】4。

【拓片】

【釋文】乍（作）寶隣（尊）彝。

575. 服方尊（服尊）

【時代】西周中期。

【著錄】總集 4845，集成 5968，三代 11.32.1，貞松 7.16.3，故宮 3 期，續
殷上 61.7，通考 556，故圖下上 112，彙編 405，綜覽・觚形尊 143，
國史金 193，山東成 495，圖像集成 11753。

【現藏】臺北故宮博物院。

【字數】14。

【器影】

【拓片】

【釋文】服肈（肇）夗（夙）夕翮（明）皀（亯），乍（作）乂考日辛寶
隮（尊）彝。

576. 夒作母癸尊（夒尊）

【時代】商。

【著錄】總集 4786，集成 5888，錄遺 201，山東成 497.2，圖像集成 11623。

【現藏】上海博物館。

【字數】7。

【拓片】

【釋文】亞{眔}吳夢乍（作）母癸。

十四、觚

577. 父癸觚

【出土】二十世紀六十年代山東桓臺縣史家墓葬。

【時代】商代中期。

【著錄】淄博文物精粹 64 頁 NO.55，桓臺文物 24 頁，山東成 521，通鑒 9817，海岱 40.2。

【現藏】桓臺縣博物館。

【字數】2。

【器影】

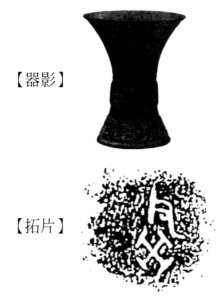

【拓片】

【釋文】父癸。

578. 無啚觚

【出土】1980 年山東桓臺縣田莊公社史家大隊崖頭（南埠子）。

【時代】商代晚期。

【著錄】文物 1982 年 1 期 87 頁圖 7，考古與文物 1998 年 4 期 96 頁圖 3，
近出 757，新收 1065，山東成 520.2，通鑒 9669，海岱 40.1。

【現藏】山東濟南市博物館。

【字數】8。

【器影】

【拓片】

【釋文】戌宫，無啚乍（作）且（祖）戊彝。

579. 臤觚

【出土】1957 年山東長清縣興復河北岸王玉莊與小屯村之間（24 號）。

【時代】商代晚期。

【著錄】文物 1964 年 4 期 42 頁圖 2.7，集成 6596，總集 5981，山東成
518.2，通鑒 8927。

【現藏】山東省博物館。

【字數】1。

【拓片】

【釋文】。

580. 𡘙觚

【出土】1957 年山東長清縣興復河北岸王玉莊與小屯村之間（2 號）。

【時代】商代晚期。

【著錄】文物 1964 年 4 期 42 頁圖 2.6，集成 6539，總集 5830，山東成
518.1，通鑒 8870。

【現藏】山東省博物館。

【字數】1。

【器影】

【拓片】

【釋文】。

581. 觚

【出土】1963 年山東蒼山縣東高堯村。

【時代】商代晚期。

【著錄】文物 1965 年 7 期 27 頁圖 1.2，綜覽. 觚 95，集成 6707，總集 5836，山東成 519.2，通鑒 9038。

【現藏】山東省臨沂地區文物管理委員會。

【字數】1。

【器影】

【拓片】

【釋文】 。

582. 觚

【出土】1963 年山東蒼山縣東高堯村。

【時代】商代晚期。

【著錄】文物 1965 年 7 期 27 頁圖 1.3，綜覽. 觚 95，集成 6708，總集 5837，山東成 519.3，通鑒 9039。

【字數】1。

【器影】

【拓片】

【釋文】。

583. 子保觚

【出土】1971 年 4 月山東鄒縣化肥廠商代晚期墓葬。

【時代】商代晚期。

【著錄】文物 1972 年 5 期 3 頁圖 2，綜覽. 觚 138，集成 6909，總集 6091，
　　　　山東成 519.1，通鑒 9240。

【現藏】山東省鄒縣文物管理所。

【字數】2。

【器影】

【拓片】

【釋文】子保。

584. 史母癸觚

【出土】1975 年冬山東泗水縣張莊公社窖堌堆村。

【時代】商代晚期。

【著錄】考古 1986 年 12 期 1139 頁圖 2.2，近出 747，新收 1039，山東成
520.1，通鑒 9684。

【現藏】山東省泗水縣文化館。

【字數】3。

【器影】

【拓片】

【釋文】母癸史。

585. 並己觚

【出土】1983 年山東省壽光縣古城公社「益都侯城」遺址。

【時代】商代晚期。

【著錄】新收 1122。

【現藏】山東省壽光縣博物館。

【字數】2。

【器影】

【釋文】竝（並）己。

586. 亞醜觚

【出土】1986 年春山東青州市蘇埠屯商代墓（M7：6）。

【時代】商代晚期。

【著錄】海岱考古第 1 輯 264 頁圖 10.1，近出 728，新收 1049，山東成 517.1。

【現藏】山東省青州市博物館。

【字數】2。

【器影】

【拓片】

【釋文】亞醜。

587. 融觚甲

【出土】1986 年春山東青州市蘇埠屯商代墓（M8：3）。

【時代】商代晚期。

【著錄】海岱考古第 1 輯 264 頁圖 10.10，近出 701，新收 1052，山東成
517.2，通鑒 9739。

【現藏】山東省青州市博物館。

【字數】1。

【器影】

【拓片】

【釋文】融。

588. 融觚乙

【出土】1986 年春山東青州市蘇埠屯商代墓（M8：2）。

【時代】商代晚期。

【著錄】海岱考古第 1 輯 264 頁圖 10.5，近出 702，新收 1051，山東成
555.3（誤爲爵），通鑒 9740。

【現藏】山東省青州市博物館。

【字數】1。

【器影】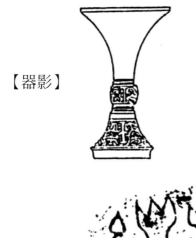

【拓片】

【釋文】融。

589. 虘糞觚

【出土】傳 1981 年山東費縣出土，1981 年北京市文物工作隊從廢銅中揀
選。

【時代】商代晚期。

【著錄】文物 1982 年 9 期 40 頁圖 21（又圖 19），集成 6918，山東成
526.1，通鑒 9249。

【現藏】北京市文物研究所。

【字數】2。

【器影】

【拓片】

【釋文】叔龔。

590. 叔龔觚

【出土】傳 1981 年山東費縣出土，1981 年北京市文物工作隊從廢銅中揀
選。

【時代】商代晚期。

【著錄】集成 6919，山東成 526.2，通鑒 9250。

【現藏】北京市文物研究所。

【字數】2。

【拓片】

【釋文】叔龔。

591. 束父癸觚

【出土】山東桓臺史家遺址。

【時代】商代晚期。

【著錄】海岱95.1。

【現藏】桓臺博物館。

【字數】3。

【器影】
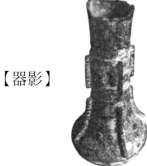

【拓片】

【釋文】束父癸。

592. 曾彳中見觚

【出土】1998年山東省滕州市官橋鎮前掌大村商周墓地（M127：1）。

【時代】商代晚期。

【著錄】滕州234頁圖165.3，圖像集成9642，海岱169.1。

【現藏】中國社會科學院考古研究所。

【字數】4。

【器影】

【拓片】

【釋文】曾𠬝中見。

593. 雁父丁觚

【出土】1998 年山東省滕州市官橋鎮前掌大村商周墓地（BM9：13）。

【時代】商代晚期。

【著錄】滕州 239 頁圖 169.2，近出二 679，圖像集成 9574。

【現藏】中國社會科學院考古研究所。

【字數】3。

【器影】

【拓片】

【釋文】𠂤父丁。

594. 爻觚

【出土】山東滕縣井亭。

【時代】商代晚期。

【著錄】山東選 76，集成 6798，總集 6206，山東成 518.3，圖像集成 9121。

【現藏】山東省博物館。

【字數】1。

【拓片】

【釋文】爻。

595. 臣觚

【出土】山東鄒縣南關窯場出土。

【時代】商代晚期。

【著錄】集成 6746，山東成 524.1，通鑒 9077。

【現藏】山東省鄒縣文物管理所。

【字數】1。

【拓片】

【釋文】。

596. 史觚

【出土】1994 年山東省滕州市官橋鎮前掌大村商周墓地（M11：72）。

【時代】商代晚期。

【著錄】滕州 230 頁圖 162.1，近出二 644，圖像集成 8855。

【現藏】中國社會科學院考古研究所。

【字數】1。

【器影】

【拓片】

【釋文】史。

597. 史觚

【出土】1994 年山東省滕州市官橋鎮前掌大村商周墓地（M11.73）。

【時代】商代晚期。

【著錄】滕州 230 頁圖 162.2，近出二 645，圖像集成 8856。

【現藏】中國社會科學院考古研究所。

【字數】1。

【器影】

【拓片】

【釋文】史。

598. 史觚

【出土】1994 年山東省滕州市官橋鎮前掌大村商周墓地（M21：36）。

【時代】商代晚期。

【著錄】滕州 232 頁圖 164.1，近出二 646，圖像集成 8857。

【現藏】中國社會科學院考古研究所。

【字數】1。

【器影】

【拓片】

【釋文】史。

599. 史觚

【出土】1994 年山東省滕州市官橋鎮前掌大村商周墓地（M21：38）。

【時代】商代晚期。

【著錄】滕州 232 頁圖 164.2，近出二 647，圖像集成 8858。

【現藏】中國社會科學院考古研究所。

【字數】1。

【器影】

【拓片】

【釋文】史。

600. 史觚

【出土】1995 年山東省滕州市官橋鎮前掌大村商周墓地（M38：67）。

【時代】商代晚期。

【著錄】滕州 235 頁圖 166.2，近出二 648，圖像集成 8854。

【現藏】中國社會科學院考古研究所。

【字數】1。

【器影】

【拓片】

【釋文】史。

601. 史觚

【出土】1994 年山東省滕州市官橋鎮前掌大村商周墓地（M13：10）。

【時代】商代晚期。

【著錄】滕州 244 頁圖 173.1，近出二 649，圖像集成 8859。

【現藏】中國社會科學院考古研究所。

【字數】1。

【器影】

【拓片】

【釋文】史。

602. 史午觚

【出土】1995 年山東省滕州市官橋鎮前掌大村商周墓地（M41：11）。

【時代】商代晚期。

【著錄】滕州 242 頁圖 171，近出二 675，圖像集成 9420。

【現藏】中國社會科學院考古研究所。

【字數】2。

【器影】

【拓片】

【釋文】史午。

603. 宋婦彝觚

【出土】1998 年山東省滕州市官橋鎮前掌大村商周墓地（M110：2）。

【時代】西周早期。

【著錄】滕州 232 頁圖 164.3，近出二 685，圖像集成 9778。

【現藏】中國社會科學院考古研究所。

【字數】4。

【器影】

【拓片】

【釋文】宋婦彝，史。

604. 父辛觚

【出土】1976 年 10 月山東省濟南市劉家莊。

【時代】商代晚期。

【著錄】新收 1154。

【現藏】山東省濟南市博物館。

【字數】2。

【器影】

【拓片】

【釋文】父辛。

605. 晶觚

【出土】1990 年 5 月山東鄒城市北宿鎮西丁村西周墓（M1：4）。

【時代】西周早期。

【著錄】考古 2004 年 17 期 94 頁圖 1.2，新收 1115，通鑒 9723。

【現藏】山東省鄒城市文物管理局。

【字數】1。

【器影】

【拓片】

【釋文】晶。

606. 魚祖己觚

【出土】1973 年 5 月山東青州市彌河潝窪村。

【時代】西周早期。

【著錄】考古 1999 年 12 期 53 頁圖 1、2，新收 1048，山東成 531，通鑒 9722。

【現藏】山東省青州市博物館。

【字數】3。

【器影】

【拓片】

【釋文】魚且（祖）己。

607.作執從彝觚

【出土】1931 年山東益都縣蘇埠屯西周墓葬。

【時代】西周早期。

【著錄】田野（2）176 頁圖版 2.1，通鑒 9719。

【字數】4。

【器影】

【拓片】

【釋文】乍（作）執從彝。

608. 作耜從彝觚

【出土】1931 年山東益都縣蘇埠屯西周墓葬。

【時代】西周早期。

【著錄】田野（2）176 頁圖版 2.5，通鑒 9720。

【字數】4。

【器影】

【拓片】

【釋文】乍（作）耜（封）從彝。

傳世觚

609. 觚（倗觚）

【時代】商代晚期。

【著錄】山東成 511，海岱考古第 1 輯 323 頁圖 3·8，近出 684，新收 1532 ，新出 679，圖像集成 8929。

【現藏】濟南市博物館。

【字數】1。

【器影】

【拓片】

【釋文】觚。

610. 天觚

【時代】商代。

【著錄】山東成 511，海岱考古第 1 輯 323 頁圖 3・4，近出 680，新出
681，圖像集成 8914。

【現藏】濟南市博物館。

【字數】1。

【器影】

【拓片】

【釋文】天。

611. 臺觚

【時代】商。

【著錄】山東成 511，集成 6740，總集 6041，三代 14.21.10，國史金 946，
圖像集成 9095。

【現藏】北京故宮博物院。

【字數】2。

【拓片】

【釋文】台羊。

612. 冀父乙觚

【時代】商。

【著錄】山東成 511，集成 7093，總集 6132，三代 14.24.11，敬吾下 57.6，
殷存下 26.2，圖像集成 9563。

【字數】3。

【拓片】

【釋文】冀父乙。

613. 冀父乙觚

【時代】商。

【著錄】山東成 512，集成 7092，總集 6133，三代 14.24.10，續殷下 43.9，
夢續 27，通考 560，鬱華 371.4，圖像集成 9561。

【現藏】遼寧省博物館。

【字數】3。

【器影】

【拓片】

【釋文】冀父乙。

614. ⷬ父辛觚

【時代】西周早期。

【著錄】山東成 513，集成 7143，總集 6158，三代 14.26.10，貞松 9.5.3，
小校 5.59.1

【字數】3。

【拓片】

【釋文】ⷬ父辛。

615. 冀父庚觚

【時代】商。

【著錄】山東成 513，集成 7137，總集 6156，三代 14.26.9，小校 5.58.5，
國史金 982，圖像集成 9602。

【現藏】北京故宮博物院。

【字數】3。

【拓片】

【釋文】冀父庚。

616. 父庚觚（吳父庚觚）

【時代】西周早期。

【著錄】山東成 513，集成 7139，總集 6157，彙編 1129，綜覽·觚 201，
圖像集成 9702。

【字數】3。

【器影】

【拓片】

【釋文】父庚。

617. 冀父戊觚

【時代】商。

【著錄】集成 7121，山東成 513，總集 6147，三代 14.25.12，從古 3.19，
愙齋 21.7.2，，綴遺 16.24.2，敬吾下 57.1，清儀 1.10.2，續殷下
44.3，小校 5.57.3，圖像集成 9586。

【字數】3。

【拓片】

【釋文】冀父戊。

618. 冀父辛觚

【時代】商。

【著錄】山東成 514，總集 6236，集成 7140，三代 14.29.6，貞松 9.8.4，
續殷下 45.1，圖像集成 9604。

【字數】3。

【拓片】

【釋文】冀父辛。

619. 冀亞次觚

【時代】商。

【著錄】山東成 514，總集 6122，集成 7180，三代 14.23.9，愙齋 21.7.1，
尊古 2.45，續殷下 42.5，小校 5.53.2，綜覽・觚 115，夏商周 116，
圖像集成 9671。

【現藏】上海博物館。

【字數】3。

【器影】

【拓片】

【釋文】冀{亞次}。

620. 作父丁冀觚（冀作父丁觚）

【時代】西周早期。

【著錄】山東成 515，總集 6226，集成 7235，三代 14.29.3，寧壽 10.12，
貞續中 29.3，故圖下上 186，綜覽・觚 186，圖像集成 9787。

【現藏】臺北故宮博物院。

【字數】4。

【器影】

【拓片】

【釋文】乍（作）父丁。冀。

621. 丁𠬢𡉚觚

【時代】商代晚期。

【著錄】山東成 516，新收 1510，近出二 671，故宮文物 2001 年 2 月 18
　　　　卷 11 期（總 215 期）114-133 頁，通鑒 9709。

【現藏】山東省博物館。

【字數】3。

【器影】

【拓片】

【釋文】丁𠬢𡉚。

622. 矢寧觚

【時代】商代晚期。

【著錄】山東成 516，故宮文物 2001 年 2 月 18 卷 11 期（總 215 期）121
頁圖 9，新收 1517，近出二 670，圖像集成 9452。

【現藏】山東省博物館。

【字數】2。

【器影】

【拓片】

【釋文】矢寧。

623. 叡作父戊觚（叡觚）

【時代】西周早期。

【著錄】山東成 522，集成 7294，總集 6270，三代 14.31.4，貞松 9.9.2，
善齋 5.42，小校 5.64.4，善彝 149，故圖下下 387，綜覽‧觚 191，
圖像集成 9834。

【現藏】臺北故宮博物院。

【字數】7。

【器影】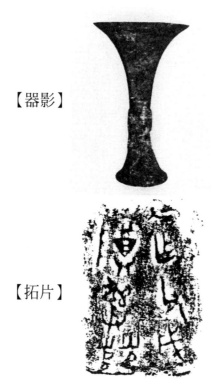

【拓片】

【釋文】𤉲（叡）乍（作）父戊隣（尊）彝。獃。

624. 叡作父戊觚（叡觚）

【時代】西周早期。

【著錄】山東成 523，集成 7295，總集 6271，三代 14.31.5，貞松 9.9.3，
善齋 5.43，小校 5.64.3，國史金 1011，圖像集成 9835。

【現藏】臺北故宮博物院。

【字數】7。

【器影】

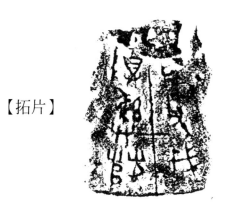

【拓片】

【釋文】□乍（作）父戊隣（尊）彝。戠。

625. 作𢀕從彝瓿

【時代】商。

【著錄】山東成 524，集成 7260，圖像集成 9790。

【現藏】山東省博物館。

【字數】4。

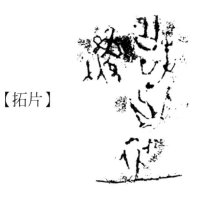

【拓片】

【釋文】乍（作）𢀕（封）從彝。

626. 射女𠙻瓿

【時代】商。

【著錄】山東成 525，集成 6878，圖像集成 9653。

【現藏】濟南市博物館。

【字數】3。

【拓片】

【釋文】射婦𭪌。

627. 亞弜觚

【時代】商。

【著錄】集成 6957，山東成 525，總集 4533（誤爲尊），三代 11.5.6〈尊〉，
彙編 8.1045，積古 5.1，攗古 11.38，愙齋 13.7.2（誤爲尊），金
索首 2，殷存上 21.3（誤爲尊），小校 5.6.5（誤爲尊），鬐華戊
2，讀金 23，圖像集成 9365。

【現藏】曲阜縣文物管理委員會。

【字數】2。

【器影】

【拓片】

【釋文】亞弜。

【備註】舊稱尊，器形介於尊觚之間。清高宗欽頒曲阜孔廟十器之一。

628. 何觚

【時代】商代晚期。

【著錄】山東成 527，新收 1514，故宮文物 2001 年 2 月 18 卷 11 期（總
215 期）114-133 頁，近出二 623，通鑒 9702。

【現藏】山東省博物館。

【字數】1。

【器影】

【拓片】

【釋文】何。

629. 𠂤觚（冉觚）

【時代】商代晚期。

【著錄】山東成 527，新收 1513，故宮文物 2001 年 2 月 18 卷 11 期（總
215 期）114-133 頁，近出二 624，圖像集成 9107。

【現藏】山東省博物館。

【字數】1。

【器影】

【拓片】

【釋文】冏。

630. 弔觚

【時代】商代晚期。

【著錄】山東成 528，新收 1511，近出二 625，故宮 2001 年 2 月 18 卷 11
期（總 215 期）114-133 頁，通鑒 9704。

【現藏】山東省博物館。

【字數】1。

【器影】

【拓片】

【釋文】弔。

631. 弔觚

【時代】商代晚期。

【著錄】山東成 528，新收 1512，近出二 626，故宮 2001 年 2 月 18 卷 11
期（總 215 期）114-133 頁，通鑒 9705。

【現藏】山東省博物館。

【字數】1。

【器影】

【拓片】

【釋文】弔。

632. 犬父甲觚

【時代】商代晚期。

【著錄】山東成 529，新收 1519，近出二 677，故宮文物 2001 年 2 月 18
卷 11 期（總 215 期）114-133 頁，通鑒 9700。

【現藏】山東省博物館。

【字數】3。

【器影】

【拓片】

【釋文】父甲。

633. 丁觚

【時代】商代晚期。

【著錄】山東成 529，新收 1518，近出二 669，故宮文物 2001 年 2 月 18
　　　　卷 11 期（總 215 期）114-133 頁，通鑒 9707。

【現藏】山東省博物館。

【字數】2。

【器影】

【拓片】

【釋文】丁。

634. 觚

【時代】商代晚期。

【著錄】山東成 530，新收 1515，近出二 622，故宮文物 2001 年 2 月 18
　　　　卷 11 期（總 215 期）114-133 頁，通鑒 9701。

【現藏】山東省博物館。

【字數】1。

【器影】

【拓片】

【釋文】余。

635. 癸觚

【時代】商代晚期。

【著錄】山東成 530，新收 1516，近出二 628，故宮文物 2001 年 2 月 18
卷 11 期（總 215 期）114-133 頁，通鑒 9706。

【現藏】山東省博物館。

【字數】1。

【器影】

【拓片】

【釋文】癸。